神官は王と愛を紡ぐ
-神官シリーズ番外編集三-

Tamaki Yoshida
吉田珠姫

JN116080

CHARADE BUNKO

Illustration

高永ひなこ

CONTENTS

登場人物紹介

羅剛《らごう》

現修才邏《いざいら》国王。虹霓教では『虹』に入れぬ最下層とされる『黒色』の髪と瞳のため、父王はじめ国内外の王侯貴族らに蔑まれていた。だが冴紗を妃に娶ってから、徐々に人々の信頼を得、賢王となりつつある。虹霓教信仰国では黒衣は喪に服す者か神官しか着用しないが、国のため死すら恐れぬという証に黒衣を身に着けている。二十四歳。

冴紗《さしゃ》

貧しい地方衛士と針子の息子として生まれながら、歴史上初めて出現した虹髪虹瞳のため、若いうちから虹霓教の最高位『聖虹使』に祀り上げられてしまう。羅剛王と想い合い、現在は修才邏国王妃でもある。衣服は王妃の銀服と、聖虹使の虹服。二十歳。

皚慈《がいじ》

羅剛の父。萋葩《さいは》国の王子妃瓏朱を略奪して戦争を巻き起こし、国内では宗教弾圧も行った。ひじょうに傲慢で残虐な王であったため、十一年前、近衛兵らに弑殺された。

伊諒《いりょう》

羅剛のいとこ。父は皚慈の弟、周慈、母は瓏朱の妹、靇紫《れいし》。十五歳。

周慈《しゅうじ》

前王弟。羅剛の叔父にあたる。兄とちがい、おだやかな人格者。四十五歳。

雪花《せっか》

冴紗を助けたことのある娼婦。修才邏北方にある娼館で働いている。二十八歳。

江延《こうえん》

虹霓教弾圧の際、泓絢《こうじゅん》国へと逃れ、さきごろ帰国を果たした神官。八十四歳。

椋博《りょうはく》

弾圧の際、修才邏に残り、王の軍隊と戦い、大神殿を守り抜いた。その後、最長老となる。羅剛と冴紗をあたたかく見守り、あれこれ手助けしている。八十四歳。

修才邏と
周辺の国々での生活

赤紫緑など、さまざまな色を髪や瞳に持つ人間が存在する。色を持つ者が高位に就くという歴史の繰り返しで、現在有色者は王侯貴族に多い。反対に平民はだいたい黒髪黒瞳。

動植物は、こちらの世界とほぼおなじ種が存在するが、そのほかに竜、鼺呀《るいが》、騳駝《じゅだ》など幾種類か特殊な生物も存在する。竜は修才邏の麗《り》煌山《こうざん》でしか繁殖せず、空を飛べる飛竜、地を駆ける走竜、大振りの鳥ほどの小竜がいる。名は竜とついても三種とも違う種類。

単位は、基本的にすべてが虹の七色『紫、藍、青、緑、黄、橙、赤』で数えられる。一日は七『司《し》』で、それをまた七『刻《こく》』に分ける（一司が三時間半、一刻は三十分程度）。七日で一週。七週四十九日でひと月。七月三百四十三日で一年。
長さは、大人の男性が立った高さを基本とした『立《りゅう》』で表す（一立は約百八十センチ）。短い長さでは『指《し》』なども使う（指一本の長さ。約八センチ）。

通貨は『光《こう》』で表す。茶が一杯で二光。下級兵士の初年度給金が四千光程度。

人々はおもて名のほかに、『真名』と呼ばれる真実の名を持つ。未来を視《み》る力のある星予見が名づける。配偶者や仕える主《あるじ》以外には教えないしきたり。

宗教は虹を崇《あが》める虹霓教がほとんどの国で信仰されている。国内外に大小さまざまな『神殿』があり、それを束ねる総本山が、麗煌山山頂に建つ『大神殿』である。

虹霓教《こうげいきょう》聖典第一章一、五より十七

神、数多《あまた》の色の内、黒を集《すだ》き、広大な支えを創造《つく》り給《たま》へり。

神、宣《のたま》わく、

「我、此《こ》の支えを大地と名付け、命ずる。

汝《なんじ》、其《そ》の身を以《もっ》てして、生きとし生けるものの源《みなもと》となり、礎《いしずえ》となり、有《あ》らゆる命を育《はぐく》み、有らゆる命を守るべし。」

次に神、金を天に上げ、光る玉を創造り給へり。

神、宣わく、

「我、此の光る玉を太陽と名付け、命ずる。

汝、天にありて、昼の地を治め、地に幸福《さいわい》の光を注《そそ》ぐべし。」

次に神、銀を天に上げ、光る玉を創造り給へり。

神、宣わく、

「我、此の光る玉を月と名付け、命ずる。

汝、天にありて、夜の地を治め、地に慈愛《いつくしみ》の光を注ぐべし。」

神官は王と愛を紡ぐ

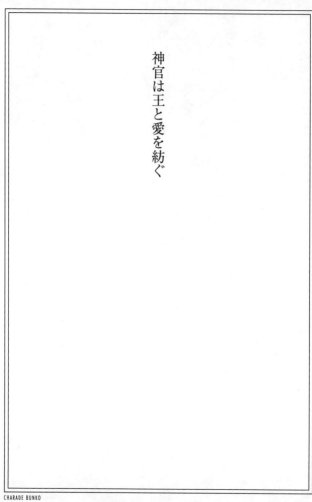

Ⅰ　初めての祭り

清《さや》かに薫《かお》る夜風が、頬をかすめた。

季節は初春を迎えていた。

花爛《からん》帝国から帰国して、ひと月あまり。

いまだあの極寒の地の記憶が消えぬため、よけいに修才邏《いざいら》の暖かさ、咲き誇る花々の美しさが、心を弾ませるのであろう。

「どうした？　唐突すぎたか？　なにか不快なことでもあるか？」

いとしいお方が、案ずるように声をかけてくださる。

月灯《つきあか》りの下、冴紗《さしゃ》はあわてて首を振った。

「いいえ、…いいえ、まさか」

不快なことなどあろうはずもない。そうではなく、心から感動していたのだ。

……羅剛《らごう》さま、ご政務でお忙しかったでしょうに……。

いつのまに、このような準備をなさったのか。

今朝《けさ》のことである。

寝台で目覚めてすぐ、王はおっしゃった。

『今宵《こよい》は街へと出かける。夕刻までに支度せい』

冴紗は　政《まつりごと》の用事だと思い込んでいた。

だが女官《じょかん》たちが整えてくれた身支度は、崢嶮国《そうけんこく》ふうの衣装。むろんあの、『顔覆いの布つき頭巾《ずきん》』もあった。

夕刻から崢嶮の方々がいらっしゃるのでしょうか？　と考えつつ支度を終え、飛竜《ひりゅう》の背に揺られて一刻ほど。

降ろされた場所は、小高い丘の上であった。

「ここは？」

風に乗って、人々のはなやいだ笑い声が聞こえた。笛や竜頭琴《りゅうとうきん》の調べも聞こえた。

近くで村祭りでもしているようだ。

そこにきて、冴紗は気づいた。

王もお召し物がちがう。お出かけの際の羅剛王はつねに黒衣の戦服《いくさふく》であられるのに、今宵は市井《しせい》の民のごとき平服だ。お腰に剣も佩《は》いていらっしゃらない。

振り返ると、ほかにも二頭、飛竜が降りてきていた。

竜騎士に伴われ、花《はな》の宮《みや》の女官がふたりだ。どちらも冴紗と同様、崢嶮ふうの衣装に身を包んでいる。

冴紗はようやく理解した。

……まさか……わたしを祭りに連れてくるために……？

女官たちを運んだ竜騎士たちは、一礼しただけで飛竜のそばを離れない。

たぶん、近隣にも秘《ひそ》かに護衛兵を配置しているはずだ。王はたいそう細やかな心配りをなさるお方だ。

すべてを悟り、涙ぐんでしまった冴紗を見て、女官たちが笑いつつ口を開いた。

「あらあら、王さま。冴紗さまを泣かせてはいけませんわ」

「申し訳ございません。冴紗さまを驚かそうと、王さま、私どもにもきつく緘口令《かんこうれい》を敷いていたものですから。王さま、春祭りを開く村を探して、ここしばらく大騒ぎなさっておいでてしたのよ？」

「下々のように金子《きんす》を遣う方法も、私ども、ご教授いたしましたわ」

「……そうなのですか？」

冴紗が尋ねると、王は照れくさそうに苦笑した。

「以前立てた計画は、花爛行きで潰れてしまったのでな。なるべく早く、おまえを祭りに連れ出してやりたかったのだ。――あらかじめ言うておいたほうがよかったか？」

またしても冴紗は首を振った。

「いいえ。知っていたら、楽しみすぎて、大神殿のお勤めにも支障をきたしていたかもしれませぬ。それに、羅剛さまがなさってくださることは、わたしにとって、いつも、たいそう嬉《うれ》しいことばかりでございます」

そうかそうか、と王は満足げにうなずいた。

「これより少々歩くぞ？　祭りの場に直接飛竜を降ろしては、村の者が怯《おび》えると思うてな。俺らは、あくまでも一般の民草のふりをしなければならぬからの」

「ええ、…ええ、もちろんでございます」

王の差し出す手に手を重ね、ともに歩き出す。

女官たちもつき従う。

期待に胸が高鳴った。草を踏む感触も久しぶりだ。

冴紗の歩く場所は、どこでも絨毯《じゆうたん》が敷かれていて、外歩きの靴さえめったに履かせてもらえぬくらいなのだ。

歩くにしたがって、徐々に賑《にぎ》やかさが近づいてくる。

木立の隙間からたくさんの灯りも見える。

ほどなくして、拓《ひら》けた広場に出た。そこが村祭りの場であるらしい。

みずからの胸に手を置いて、感動を新たにした。

……ああ、……これが、祭りなのですね……。

冴紗が幼いころは、まだ羅剛王のお父君、皚慈《がいじ》さまが王であられた。

皚慈王は狂気のごとく『虹』を憎んでいて、凄惨な宗教弾圧を行った。各地の虹霓《こうげい》教《きょう》神殿は破壊され、神官たちは片端から処刑された。

そのような乱世に、冴紗は生を受けた。

身体《からだ》のどこかに虹色を有するだけでも、数百年に一度しか出現しないと言われるほど稀《まれ》であるのに、なんと冴紗は髪も瞳も虹色であった。

皚慈王に存在を知られれば、息子は即座に殺される。

そう考えた父母は、人目を避けるため、深い森に隠れ住んだ。

冴紗が九歳になるまで、一家の隠遁《いんとん》生活はつづいた。

秘かに隠れ住む生活でも、父母は哀れな息子にせめて楽しいことを教えてやりたいと思ったのだろう。近隣の村で祭りがあると聞くと、森のはずれまで連れていってくれた。


『母さん、あれはなんの音?』

風に乗ってくる賑やかな音を聞き、冴紗が尋ねると、母は寂しそうに笑んで答えた。

『お祭りだから、みんなが笛や太鼓で曲を演奏しているのよ』

『父さん、この匂いは、なんの匂い?』

『これは、……たぶん揚げ菓子の匂いだな。祭りには、屋台で食べ物を売ったりするんだ。

いろいろな物を売っているんだぞ』
『人がいっぱい集まっているの？　楽しそうだね』
『……ああ。人がいっぱい集まるんだ。…楽しいぞ。とてもな』

楽しいとわかっているのに、どうして自分たちは祭りに行けないの？

父さんと母さんは、ときどき村へ買い物にも出られるのに、どうして自分だけは森の外に出てはいけないの？　人に姿を見られてはいけないの？

幾度も尋ねて、幾度も父母に悲しい顔をさせてきた。

その理由は、やがてわかった。ある日冴紗は泉を覗《のぞ》き込み、父母とは似ても似つかぬ虹《こう》髪虹瞳《はっこうどう》の化け物を見てしまったのだ。

髪も瞳も、…いや、眉も睫毛《まつげ》もが光を弾《はじ》いて七色に光る、世にも恐ろしい化け物だ。

父母はつややかな黒髪黒瞳《こくはっこくどう》を持っていた。

黒はあたたかく優しい色だと、この世でもっとも美しい色だと冴紗は思っていた。

であるのに自分は、おぞましい虹髪虹瞳。

醜く恐ろしい姿の自分のせいで、父母は森の奥に隠れ住まなければいけないのだと悟り、冴紗は深い絶望に打ちひしがれた……。

幼いころの回想は、懐かしさだけではなく鈍い胸の痛みを伴う。

痛みを抑え込み、冴紗はあたりに視線をめぐらせた。

広場には、多くの村人たちがいた。親子連れ、恋人同士、友人同士らしき者たち。老いも若きも、酒や飲み物を酌み交わし、笑いながら語り合っている。

広場のまわりには、ずらりと屋台が立ち並んでいた。食べ物や玩具を売っているようだ。中央では楽隊が曲を演奏し、そのそばで踊っている者もいた。

なんと楽しそうで、なんと幸せに満ちた場であることか。

……祭りというのは、このように心浮き立つ催しだったのですね。

いまは被《かぶ》りもののお陰で、だれにも見咎《みとが》められぬ。人々は冴紗たち一行に気づく気配もない。

感動のあまり声も出ぬ冴紗の背を押し、羅剛王が声をかけてきた。

「せっかく来たのだ。見ているだけではつまらぬ。俺たちも交ざるぞ？」

「はい」

王にうながされ、屋台をひとつずつ見ていると――陽《ひ》に焼けた店の主《あるじ》が馴《な》れ馴《な》れしげに話しかけてきた。

「初めて見るのかい？　おれんとこで売ってんのは、絡繰《からく》り人形だよ」

見ると、台の上に、なにやら二指《し》ほどの人形がたくさん並べられていた。

人形は、素朴な服を着て、手に斧《おの》を持っていた。台座には木を模したものも取りつけられている。樵《きこり》人形らしい。

わたし？　わたしに語りかけてくださったのですよね？　と、冴紗がちらちらと王と女官たちに視線で尋ねると、王も女官たちも、そうだとばかりにうなずく。

冴紗は主に向かい、ちいさく、「……はい。初めて見ました」と答えた。

「だと思ったぜ。変わった恰好《かっこう》してるし、物珍しげに見てたからな。…あんたら、よその国の人か？　あんたらの国じゃあ、こういうの売ってねぇのか？」

「売っては、いたはずなのですが、いままで見る機会がなかったのです」

ははは、と男は大口を開けて笑う。

「だったら、よく見ていきな。おもしれぇぞ？　うちの村の名物なのさ」

男はひとつの人形を持ち上げ、きりきりと背中の螺子《ねじ》を巻く。

すると、驚くことに人形は動き、斧を振り上げ、目の前の木を伐《き》り始めたのだ！

「すごい！　動くのですね！　なんと愛らしいのでしょう！」

冴紗の反応に気をよくしたのか、男はほかの樵人形の螺子も巻いた。

「おお、そうさ。動くのさ！　可愛《かわい》いだろ？　…ほれ、これも、これもだ」

最初の人形を追うように、たくさんの人形がおなじ動きを始める。

それぞれの人形が、かつんかつんと木を伐る音が、なんとも小気味いい。

反射的に王のほうを見ると、王は優しくほほえんでいた。

「欲しいのなら、あとで買ってやる。だが、珍しいものはまだまだある。のんびりしていたらすべて見きれぬぞ?」

羅剛王はさらに歩を進め、あちこちの屋台を覗いていたが、やがてひとつの屋台の前で立ち止まった。

「おやじ、おまえの売っておるのが、揚げ菓子というものか?」

その屋台の小太りの主は、愛想笑いで応える。

「ああ、そうだよ。揚げ菓子だよ」

「そうか。ならば、それを人数分売ってくれ」

「ほいよ。お連れの嬢ちゃんたち含めて、四人かい? お客さんら、運がいいよ。今日は客が多くてな、これで仕舞いなんだよ」

王は主に金子を渡し、四本の揚げ菓子を持って戻ってきた。

女官たちに一本ずつ渡し、冴紗にも差し出す。

「どうだ冴紗? これが、おまえの長年憧れていた揚げ菓子というものらしいぞ? 食うてみい」

「……は、はい。ありがとう存じまするる」

冴紗は一度手を合わせ、両手で押しいただくようにして串を受け取った。

とたん、思わずため息のような声が出た。

「………揚げ菓子とは、このような形をしていたのですね」

一指ほどの丸いものが七つ、串に刺さっている。

粉団子を揚げて、砂糖をまぶしてあるようだ。

女官が驚いた様子で尋ねてきた。

「冴紗さま、ご覧になられたことはございませんの？」

「はい。初めてです」

「それは、そうですわよねぇ。王宮でも神殿でも、このような質素なお菓子、お出ししませんものねぇ」

冴紗は大きく呼吸をして、胸いっぱいに香りを嗅いだ。

「……ああ、……この香り、……ええ、ええ、そうです。この香りです。懐かしゅうございます。幼いころを思い出します」

覆いごしでも、女官たちがほほえんでいるのがわかった。

「揚げ菓子の匂いは、風に乗ってよく飛びますから」

「私も覚えがありますわ。ちいさいころ、漂ってくる匂いに急《せ》かされて、弟と競争で祭りの場まで駆けたものですわ」

「これは、……立ったままで食してかまわないのですよね？」

そっとあたりを見ると、民たちはみな、大きな口を開けて食べ物を食べている。

つねに淑《しと》やかに、優美にと教えられてきたため、不作法なさまを王にお見せするのではないかと気が引けたが、覆いの下でちいさく口を開け、かぶりついてみる。

菓子は、口のなかで、ほろりと甘くほどけた。

鼻腔《びこう》を抜ける芳ばしい香りと、優しい食感に陶然となった。

……ああ……これが、揚げ菓子の味なのですね……。

胸が詰まった。感動が込み上げてきた。

「…………おいしゅうございます。……まこと、夢のようでございます」

「そうか」

嚥下《えんげ》し、もうひとつ。

父母との思い出が走馬灯のように脳裡《のうり》を駆けめぐる。

幼いころ、父母と食したかった。ほかの子供のように、親や友人らとはしゃいで祭りを楽しみたかった。

しかしいま、愛するお方、さらには信頼できる花の宮の女官たちと、食している。

冴紗の幼いころの望みを叶《かな》えるために、みなが動いてくださった。

もう夢見なくていい。自分の長年の夢は叶った。

覆いの内で涙ぐみながら幸せを嚙《か》み締めていたのだが、――冴紗はふと気づいた。

すぐそばで、幼子がふたり、指をくわえてこちらを見ているのだ。

王もお気づきになったようだ。少しかがんでお声をかけられた。

「どうした？　おまえら、親はおらんのか？　ともに来たのではないのか？」

ふいに話しかけられて怯えたのか、返事はしなかったが、子供たちはふるふると首を横に振る。

子供ということで、先日行った花爛の漁村を思い出してしまった。

あの村は貧しかったが、子供たちを含め、村人すべてが幸せそうだった。

ここは修才邏だ。あの悲しい花爛帝国ではない。

なのになぜ子供たちは物欲しげな様子でそばに寄ってきたのか。

少々胸がざわついた。

王も同様のお気持ちをいだかれた様子だ。さらに問いを重ねる。

「親は、家に帰ればおるのか？」

子供たちはまた首を振る。

四歳ほどの男の子と、もう少々年長の女の子だ。

月灯りでもわかる。薄汚れた襤褸《ぼろぎ》着を身に纏《まと》っている。さらには、ひどく痩せている。

手足などは小枝のごとき細さだ。

子供たちは、じっと王を見上げている。…いや、その視線の先は、王がお持ちの揚げ菓子であった。

王も視線に気づかれたようで、

「おまえら、腹でも空《す》かせておるのか？　これが食いたいのか？」

子供たちは顔を見合わせ、その問いには、こくんと大きくうなずく。

「そうか。買ってやりたいが、あいにく揚げ菓子はこれで仕舞いらしいのだ」

反射的に、冴紗は自身の揚げ菓子の串を差し出していた。

「召し上がりますか？　食べさしですけれど、こちらでよろしければ」

幸い、ひとつずつ串に刺してあるので、下のほうには口をつけていない。

「……いいの……？」

「ええ。わたしはふたつ食しましたので、もう満足でございます。それよりも、お腹《なか》を空かせているのなら、あなた方が食したほうがよろしいでしょう」

羅剛王も、持っていた串を差し出した。

「俺のも食ってかまわん。これ以外でも、まだ残っている食い物なら買ってやれるぞ？」

「うん！」

女官たちも、つぎつぎ差し出す。

「私のも、どうぞ？」

「これも、まだ食してはおりませんから、召し上がってくださいな」

「ありがとう！　にいちゃん、ねえちゃん！」

礼も早々に奪い取るように受け取ると、子供たちは両手に串を持ち、揚げ菓子を貪り始めた。がつがつと飢えているかのごとき食べぶりだ。

ほほえましいというよりは、見ていてつらい光景であった。

「そう急くな。喉に詰まらせるぞ。だれも取りはせんからゆっくり食え」

王が諭しても、貪るのをやめない。

あっという間に揚げ菓子二本を食べ終えると、女の子は拳で口のまわりの砂糖を拭い、照れ隠しのように尋ねた。

「あんたら、都から、来たの？」

「なにゆえ、そう思う？」

「服、きれい。優しい」

まわりの女官たちが、あわてたように、

「そ、それは、綺麗《きれい》なのは当然ですわ」

「お優しいのも、当然でございます」

冴紗と女官たちは顔覆いの頭巾を被っているので話しかけにくいのか、子供たちは王に向かってさらに尋ねる。

「にいちゃんさぁ、都の人なら、いろいろ知ってる？」

「おうきゅう、みたことあるか?」

「飛竜は? 御子《みこ》さま、は?」

「——御子さま? 聖虹使《せいこうし》のことか?」

「うん」

王はこらえきれなくなったのか、吹き出した。

「聖虹使を見たことなど、数え切れぬほどあるぞ? ついでに、王宮も、飛竜もだ。…なんだ、おまえら。羨ましいのか?」

子供たちは顔を輝かせた。

「ほんとっ? …うん! うらやましぃ!」

「みこさま、すげぇきれいって、ほんとかっ?」

ちらりと冴紗に視線をよこし、王は自慢げにつづけた。

「ああ。この世のものとも思えぬほど、麗しいな。…だが、それだけではないぞ? 心根の美しさはそれ以上だ。まこと国の宝、…いや、世の宝と言うてもよいほどだ」

聞いている冴紗本人にとっては赤面してしまうような褒め言葉だが、子供たちは感嘆の声を上げた。

「いいなぁ! にいちゃん、見たことあるんだぁ!」

「おれらのばあちゃんもさ、みこさまにあいたいって、なくんだ。もうすぐしぬだろうけど、てんていさまのとこ、あがるまえに、いっぺんでいいから、みてみたかったって」

「聖虹使には、大神殿に行けば会えるではないか。おまえらの祖母は、大神殿に参ったことはないのか？」

子供たちは口を尖《とが》らせた。

「無理だよ！　行けない！」

「とおいし、かねかかる」

「ばあちゃん、足、悪いの」

「かねもねぇんだ。おれらそだてんのに、かねかかっちゃったんだって」

「おまえらは姉弟《きょうだい》か？　父母はどうした？」

子供たちの顔が曇る。

「……わかんない」

「おれら、とうちゃんとかあちゃんにすてられたんだとおもう。それか、もうおっちんじまってんのか。ばあちゃん、おしえてくんねぇけどさ」

黙って聞いていることなどできなかった。

大神殿と呼ばれる虹霓教総本山は、麗煌山《りこうさん》の頂上に位置している。

辻《つじ》の走竜車《そうりゅう》を借りるにしても、このあたりから麗煌山までは、たぶん十日以上かかる。宿代も必要になる。費用はかなりの額になるはずだ。

それだけではない。麗煌山は、世の最高峰であり、ひじょうに険峻《けんしゅん》な山だ。年若く頑健な者でも、麓から幾日もかけなければ登れない。足の悪い老婆が登れるわけもないのだ。

子供たちからひととおりの話を聞き出すと、王は低く尋ねてきた。

「行くか」

冴紗も静かに応えた。

「はい」

「祭りに来たばかりだが、おまえはそちらのほうが気になって、これ以上楽しめぬだろうからの」

「……はい」

胸が熱くなった。

……なにも言葉にせずとも、羅剛さまはわたしの想《おも》いを察してくださるのですね。

そして、尊重してくださる。

王は背をかがめ、ふたたび子供たちに声をかけた。

「おまえら、家まで案内《あない》できるか」

「来るの？」

「ああ。おまえらの祖母に会いたい。連れていってくれ」

子供たちは大喜びだった。

「いいよ！」

「つれてったげる！」

しばし待て。なにか買っていってやろう、とつぶやくと、王は屋台の並びに行き、二、三軒から物を買って戻った。

「ほれ、祖母へのみやげだ。持っていけ」

ぱぁぁぁっと顔を輝かせ、食べ物の包みを受け取ると、子供たちはすぐさま駆け出した。ついてきているのを確かめるように幾度も止まり、振り返り、弾むような足取りで草むらを突っ切っていく。

俊敏な子供たちを見失わないように、冴紗たちは小走りであとにつづいた。

しばらくして草葺《くさぶ》き屋根の小屋が見えてきた。

女の子は小屋を指差し、はしゃいだ声で告げる。

「ここ！　ここだよ！」

想像したとおり、あちこち破損した小屋であった。この家でほんとうに雨風を凌《しの》げるのかと訝《いぶか》しんでしまうほどだ。

「ああ。ご苦労であったな。では邪魔するぞ」

王が手招きするので、一度うなずき、冴紗はみずからの被りものをはずした。

子供たちの目は一瞬で丸くなった。

「……髪……えっ？　髪、…虹、色……？」

「すげえ！　このねえちゃん、かみ、にじいろだ！　ひかってるよ！　かみだけじゃなくて、めもにじいろだ！」

冴紗の衣装は裾の長い女性もののため、子供たちには、やはり女性に見えていたようだ。

自身の奇異な容姿に驚かれるのはいつものことなので、冴紗は懸命にほほえみを浮かべた。

男の子は羅剛王の服の裾にしがみつき、尋ねる。

「なんでっ？　このねえちゃん、かみもめも、にじいろだよな？　そうだよなっ？　おれら、みまちがえてないよなっ？」

王は、満足そうにうなずく。

「なんで、だと？　そんなものは、こいつが聖虹使だからに決まっておろう。――ほれ、なかに入り、祖母に伝えろ。会いたがっていた者が来た、とな」

粗く草を織っただけの間仕切りを跳ね上げ、子供たちは家に飛び込んだ。

「ばあちゃん！　あたしら、すごい人、つれてきたよ！」

「みろよ！　かみのみこさまだってよ！　すげえんだ。かみもめも、にじいろなんだぞ！」

奥の間には、粗末な寝台に横たわる老婆がいた。

孫たちも痩せていたが、それ以上に痩せこけていた。ろくに食べ物を摂《と》っていないのは明らかであった。

孫たちの声に驚いたように半身起き上がり、目を眇《すが》めるようにしてこちらを見た老婆は、すぐに滂沱《ぼうだ》の涙を流し始めた。

「…………そちらにおいでなのは……御子、…さま……？　まさか、虹の御子さまでいらっしゃる……？」

子供たちは、祖母の寝台まで駆け寄り、鼻高々で自慢し始めた。

「祭りにいたの！」

「おれらがみつけたんだ！」

「揚げ菓子、くれたの！」

「みやげもかってくれた！　ほら、あとでいっしょにくおう！　いっぱいくれたから、あしたとか、あさってでも、くえるぞ？」

老婆は声を荒らげた。

「御子さまにたかったのかっ？　おめぇら、なんて罰当《ばちあ》たりなことを！」

「いいえ。罰当たりなどと。たいへん心根の優しいお孫さんたちですよ」

小屋内に足を踏み入れ、冴紗はかるく会釈した。

「突然参りまして、ご迷惑ではありませんか？」

転がり落ちるように寝台から降り、よろける足取りで冴紗の足元まで来ると、老婆は這《は》いつくばるようにして床で跪拝《きはい》した。

「……御子さま、こんなあばら屋に……。おみ足が穢《けが》れます。孫どもがたいへん失礼なことをいたしました」

「失礼ではありませんし、わたしは穢れたりなどいたしません。信者の方にお会いすることは、わたしの務めであり、喜びです」

言っていて、喉が詰まった。

このような型どおりの言葉ではなく、もっと心からの言葉を発したい。この方の長年のご苦労を労《ねぎら》うような、完璧な『神の子』としての言葉を差し上げたい。

なのに、とっさには型どおりの言葉しか出てこないのだ。

冴紗の想いとは裏腹に、老婆は歓喜のあまりか嗚咽《おえつ》を洩《も》らしている。

「……ありがてぇこってす。人生の最後に、御子さまのお顔を拝せるとは……じいさんにも、この子らの親にも、顔向けができます。……なんと尊く、ありがたい……」

老婆は一瞬顔を上げ、子供たちに鋭い声を放った。

「おめぇらも！　ここに並んで、お辞儀しな！　虹の御子さまのお顔を、こんなに間近で拝せるなんて、あたしら庶民には夢の夢なんだよ！　一生かかっても無理なことなんだ。御子さまのお優しさに感謝するんだよ！」

あとは涙で声にならぬ様子。

子供たちもおずおずと歩み寄ってくると、困惑した様子ではあったが、老婆を真似《まね》するように床で跪拝した。

見ていられなくなった冴紗は、なんとかやめさせようと声をかけた。

「いえ、……どうかみなさま、お顔を上げてください」

それでも老婆は顔を上げない。さらに額を床にこすりつける。

「滅相《めっそう》もねぇです！　じかで見たら、眩《まぶ》しくて目ぇ潰れちまいます！」

「そのようなことは……あ、あの、それでは、なにかお困りのことはございませんか？

わたしたちにできることはございませんか？」

「いいえ、いいえ。御子さまを見られて、お声を聞けただけで、……ああ、あたしゃ、このまま天に召されてもかまいませんよ。こんなに嬉しいことはありません。…感謝いたします。ほんに、ほんに、ありがたいこって……」

老婆は顔を上げずに、手を揉《も》みしだくようにして拝んでいる。

冴紗はちいさく嘆息した。

慣れているはずであった。人々の過剰なまでの信仰心には。

それでも、毎回対応に苦慮してしまうのだ。

……この方たちをお助けする手立てを考えなければ。

頭のなかで、できそうなことをあれこれ考える。

食料を渡し、家屋の修繕を行い、あとは、子供たちが学舎に通っているのか、祖母は薬《くす》師《し》にかかっているのかを尋ね……。

そこまで考えて、情けなさに押し潰されそうになってしまった。

自分にはなんの力もない。

いま考えたことも、羅剛王のお慈悲におすがりし、国の大臣さま方に取り計らってもらうしかない。

なのに人々は冴紗を崇《あが》めるのだ。

そばに、この国を治める偉大な王がいらっしゃるというのに。

人々が遜《へりくだ》り、頭を下げるのは、なにもできない、ただ虹の容姿を持っているというだけの無能な自分、なのだ……。

Ⅱ　胸にくすぶる後悔

花の宮へと戻る。

留守を守っていた女官長と、もうひとりの女官が、にこやかに出迎えてくれた。

「お帰りなさいませ」

「お楽しゅうございましたか、冴紗《さしゃ》さま？」

「……ええ」

せっかく尋ねてくれたのに、歯切れの悪い返事になってしまった。

楽しくなかったわけではない。

たいそう楽しかった。夢のごときひとときであった。

それでも、そう言い切れぬのだ。

あのあばら屋の老婆と子供たちの顔が脳裡から離れない。とっさにまともな対応ができなかった不甲斐《ふがい》なさが胸を焼く。

冴紗の様子に気づいたのか、女官長の声に怪訝《けげん》そうな色が混ざる。

「なにかございましたか？」

「なにか、というわけでは……」

冴紗は口ごもっていたが、ともに祭りに行った女官たちも、うつむきぎみであった。

見かねたように、羅剛《らごう》王が答えてくださった。

「よい。俺から言う。――飢えている子供らがおった。祭りの場にふらふらと紛れ込み、あさましき乞食《こつじき》のごとき真似をしておった。俺らが食い物を恵まなければ、ほかの者に乞うておったはずだ」

「それは……」

「俺らのことを、優しいと言うた。ならば常習的に他者にたかり、邪慳《じやけん》に扱われておったのだろう」

絶句した女官長に向かい、王は声を荒らげた。

「俺は、――できうるかぎりの政策を立てておるぞ！　いまの修才邏《いざいら》は、歴史上もっとも潤っておるのだ。金に糸目はつけずに、俺はあらゆる手を打っておる。なのに、なにゆえ我が修才邏に、飢えた子などがおるっ？　雨風も凌げぬようなあばら屋で暮らし、飯もまともに食えぬような、痩せこけた子供や老婆がおるのだ？　苦しんでいる者がおったら、助けを得られるようにしてあるはずだ。俺の施策が、なにかまちがっていたとでもいうのかっ？」

女官長は、ぴしゃりと返した。

「お鎮《しず》まりくださいませ」

女官長は花の宮での最年長であるし、羅剛王や冴紗から見れば祖母ほどの年齢だ。気性の激しい王も、女官長の言葉には比較的素直に従った。

王を黙らせると、女官長は口を開いた。

「──むろん、王さまの御世《みよ》となられてから、この国はたいそう平穏で潤っております。ですが、市井の民たちすべてが、潤っているわけではないのです。飢えた者、苦しむ者がいなくなることはないのです」

王は怒りを満面に浮かべて怒鳴り返した。

「うるさい！　そのようなこと、俺が許さぬ！　我が侈才邏で、飢えた者、苦しむ者など、おってはならぬのだ！」

「無理をおっしゃらないでくださいませ。いくら王さまといえども、できることとできないことがございます」

恬淡《てんたん》と答える女官長のさまが、さらに王を憤らせているようだった。

「できぬというなら、やるまでだ！　──ならば、どうすればよいというのだっ？　言うてみい？　役人を増やして、民どもの声を拾い上げればよいのか？　直訴《じきそ》の場でも作ればよいのか？　…俺はこの国の王だぞ？　世の最大国家侈才邏の現国王だ。俺にできぬというなら、だれにもできぬ！」

わざと聞かせるように大きく嘆息し、女官長はしばし黙した。

「ともかく、お疲れでございましょうから、かけて話しましょう。——これ、あなたたち、おふた方に香り茶をお持ちして」

「はい！」

「ただいまお持ちいたします！」

命じられた女官たちは、小走りに厨《くりや》まで駆けていく。

女官たちも、さきほど見た光景に、深く心を痛めている様子であった。

香り茶の載せられた卓の前で、王と冴紗、女官長は顔を突き合わせる恰好で席に着いた。

普段は、仕える身として、自分たちの前ではけっして椅子に着かぬ女官長が座ったことで、真剣な語らいをする心づもりがわかった。

女官長は声を落として語り出した。

「まずは、……どうか、お心を鎮めて、聞いてくださいませ。今宵は、ずいぶんと前から冴紗さまをお喜ばせしたいと願っておられた王さまの、その計画がようやく決行できたわけでございましょう？　それを、子供たちに邪魔されたような形となり、…なのでよけいにお怒りなのですね？」

苦虫を噛み潰したような顔で、王はうなずいた。

「ああ。まさしく、言うとおりだ。俺は、もっともっと冴紗を楽しませてやりたかったのだ。長いこと計画を練っておったのに、台無しにされた気分だ」

あわてて冴紗は言った。

「そのようなことは！　わたしは、たいそう楽しゅうございましたし、たいそう嬉しゅうございました。羅剛さまのお心づかい、みなさまのお心づかい、とてもありがたいことと感謝しております」

「だが、飢えた子らを見てしまった」

歯噛みして悔しがっている王を見て、女官長はちいさく吹き出した。

「ほんとうに、お子さまのようですわね。王さま、乞食をしてきた子供たちを哀れに思ってらっしゃるのでしょう？　なのにどうしても、冴紗さまに関してだけは、見境がなくなってしまうようですわね」

王はぶすっと返す。

「……しかたなかろう」

「ええ。しかたないと思っておりますわ。それ以外では、王さまは素晴らしい名君であられますから」

王は苦いものでも吐き出すように言い返した。

「名君なものか。現に飢えた者が、国におるではないか。俺の政策が失敗しているという確たる証《あかし》だ」

　王にしっかりと視線を合わせ、女官長は言った。

「そのことでございますが、――たとえ、役人を増やして民の声を汲《く》み取ろうとしても、すべてを汲み上げることはできないと思います。民は、役人には本心を語りたがらないものでございますし、日々の悩み、愚痴などを言うはずがありません。家庭の内情や、生活に困窮している話なども、他者に言うには、あまりにも恥ずかしいことなのです」

「ならば手の打ちようはないと言うのか？」

「いいえ。王さまがおっしゃるような役目は、以前は、お役人さまではない方々が担っておられました。神官さま方でございます。各村々の神官さまが、人々の悩みを聞き、困窮している者たちの事情を汲み、諍《いさか》い事があれば仲裁し、あれこれ差配いたしておりました。自分たちで手を打てない場合は、大臣さままで直訴なさることもありました」

　王はひじょうに驚かれたようだった。

「神官がか？　奴《やつ》らは、それほど市井の民たちと近い存在であったのか？　奴らには、それだけの権限が与えられていたというのか？」

「もちろん、下級の神官さまにはそれほどの力はなかったと思いますが、あるていどの立場の神官さまでしたら、各省の大臣さまや王さまと直接話せるというしきたりだったはずです。我が国では昔から、政と宗教は荷車の両輪のようなもの、と言われておりました。どちらが欠けても車は走らないと」

王は深くうなずいた。

「そうか。ならば納得する。たしかに、神官どもなら、民から馬鹿らしい愚痴を聞かされても、一日中でも聞いていてやるだろう」

羅剛王は、冴紗に話を振ってきた。

「して、以前は国内にどれほど神殿があったのだ？」

「……え……？」

とっさに答えられなかった。答えられないことに、内心愕然《がくぜん》とした。

たぶん冴紗は青褪《あおざ》めていたのだろう。王は救いを出すようにおっしゃった。

「まあ、おまえの生まれる前の話だからな。知らぬのは当然だな」

女官長が遮った。

「そうではございませんでしょう？　神官さま方が、冴紗さまにはお話しになられていないのではありませんか？」

口を濁していてもしかたないので、冴紗は素直にうなずいた。

「……ええ、過去の話は、ほとんどしてくださいませんでした。尋ねても、それはもう済んだことですから、と」

女官長は、王のほうにも尋ねた。

「そして、たぶん王さまも、詳しくはご存じないでしょう。前王の大粛清《だいしゆくせい》が始まり、終わったのは、御身《おんみ》がまだおちいさいころでございましたから」

見ると王の顔も青褪めていた。

「……そうだ。物心ついたときには、神殿はなかった。国内のどこにも、だ。俺が聞いたのは、あの男の、誇らしげな自慢だけだった。『王に逆らうから虹霓教を滅ぼしてやったのだ』と、あいつは高笑った」

苦渋の滲《にじ》む王のお言葉に反し、女官長は凪《な》いだ口調で返した。

「いくら修才邏が虹霓教発祥の地といえども、いまや世のほとんどの国に広がっている教えでございますから、我が国一国で宗教弾圧を行っても、無駄でございます。それに、各地の神殿を破壊したといっても、大神殿だけは、当時の神官さま方のご努力で存続しておりましたから、じっさいには滅ぼされてはおりません。のちには、虹の御子《みこ》の冴紗さまもご出現なさったのですから、かえって以前より栄えております」

王は、うむとうなずいた。

「虹霓教は滅びてなどおらぬ。それはわかる。しかし、我が国の環境が元に戻っているわけでもないのも、さきほどの話で痛感した」

「さようでございますね」

王は決意を固めるようにおっしゃる。

「だが、──わかった。神官どもが民の声を掬《すく》い上げていたというのなら、また神殿を建てればよいというわけだな。そうして、神官を配置すればいい、と。──以前、どこに神殿が建っていたのか、過去の書付などは、ないのか？　…すぐに書庫に……」

本宮《ほんみや》のほうに視線を投げ、どなたかを呼ぼうとしたのであろうが、王は声を失った様子で口を噤《つぐ》んだ。

冴紗も、王がなにをお気づきになったのか察し、愕然とした。

……書付など、あるはずもないのですね……。

虹霓教の弾圧を行ったのは、ほかならぬ皚慈《がいじ》王自身であるのだ。王の住んでいた王宮内に、破壊と虐殺の証拠が残されているわけがない。

眉を顰《ひそ》めたまま、王は、女官長、女官たちへと順に視線を流した。

女官長の背後に立って話を聞いていた女官たちは、申し訳なさそうに言った。

「私どもでございますか？　建っていた場所とおっしゃられても、……なにぶん幼いころのことですし、詳しくは覚えていないのです」

「自分の故郷のことなら、なんとか覚えていますが、ほかの地方のこととなったら、まったくわかりません」

女官たちは、羅剛王より数歳年上なだけだ。粛清当時はまだ少女だったはず。知らぬのも当然だ。

王は悔しげに唸《うな》った。

冴紗のほうは唇を噛み締めてうつむくのみだ。忸怩《じくじ》たる思いが胸を焼く。

……わたしは、虹霓教最高神官、聖虹使ですのに……。

そのようなことすら知らなかったのか。

知らされていなかったなどというのは、都合のいい言い訳だ。現に冴紗は、自分の意思で、神殿の元の位置、元の姿を調べようとしたことすらないのだから。

みずから望み、『聖虹使《けいう》』になったわけではない。

虹髪虹瞳などという稀有な姿に生まれたために、逃げようもなくいまの地位に押し上げられてしまった。

それでも、逃げようがない人生というならば、それはどの人もおなじだ。

悄然《しょうぜん》とうなだれる冴紗に、女官長は慈しみの表情で尋ねてきた。

「澆季《ぎょうき》の世と、お嘆き遊ばされましたか？」

返事ができなかった。そのとおりだと思ってしまったからだ。

女官長は静かな声でつづけた。

「ですが、どうかお心を痛めないでくださいませ。わたくしども、それなりの歳《とし》の者たちは、修才邏の歴史を、じかに、この目で見て参りました。……ええ、たしかに、皚慈王の治世では、末法の世だとみなが絶望に打ちひしがれておりました。けれど、いまは違います。王さまと冴紗さまが修才邏の王、王妃となられてから、この国は、希望と喜びに満ちた、光り輝く道を歩んでおります。それだけは、嘘偽りなく、真実でございます」

王は返事をなさらなかった。冴紗もできなかった。

女官長の言っていることがたとえ真実だとしても、単純に受け入れてはいけない気がしたのだ。

昔を思い出すように、女官長は目を瞑《つぶ》った。

「……さようでございますね。虹霓教総本山の大神殿、そのほかには各州ごとに中神殿、そして小神殿は、歩いて二刻以内の場所にかならずあったように記憶しております。小神殿ではなく、普通に神殿と呼ばれてはいましたが、村の集会場のようなちいさな祈りの場でございました」

「歩いて二刻以内……それほど多く……」

それならば、国中で数えれば、千、二千といった数ではなかろう。万を超え、十万、数十万もあったにちがいない。

「はい。歳を取った者、身体の悪い者、子供、…だれであってもお参りができるよう、かならず歩いていける距離、歩けなくても、荷車に乗せて連れていける距離に、昔から建てられておりました。それは、わたくしが生まれる以前から、だったと思います」

唸るように、王はつぶやいた。

「……それを、ことごとく潰したのか、あの男は……」

淡々と女官長は答えた。

「はい」

「この国の、何百年、何千年もの礎を、おのれの浅はかな考えひとつで……」

羅剛王は顔を両手で覆った。

「……………ならば、……王とは、なんなのだ。王でありさえすれば、人の世の理《ことわり》も、人々の命も、想いも、すべて踏み躙《にじ》ってもかまわぬと思っておったのか……」

他者の前では、ここまであからさまな言葉は吐かれぬにちがいない。

羅剛さまは修才邏の『王』であられる。家臣や民たちの前で泣き言など口が裂けても言えぬ立場だ。

しかし、花の宮での王は、二十四歳の、年相応のお姿を見せてくださる。

だからこそ、いまのお言葉にどれほどの憤りと悲しみが混ざっているのか、察するに余りある。

王は気を取り直した様子で顔を上げ、話を女官長に振った。

「それで？　勤めていた神官たちは？　どのくらいおったのだ？　…いや、どのくらい、あの男に屠《ほふ》られたのだ？　神官だけではなく、蛮行を止めようとした者たちも殺されたのであろう？　数はわかるか？」

女官長は一瞬視線を落とし、唇を引き結んだ。

その表情で察してしまった。たぶん言葉にはできぬほどの数であるのだ、と。

自分で問うておきながら、羅剛王は苦悶《くもん》の面持ちとなった。

「………知らぬ、か。…わからぬ、か……」

顔を歪《ゆが》め、王は自嘲的につづけた。

「俺は、花爛《からん》帝国の皇帝をあざ笑うことなどできぬな。我が国の前王のほうが、よほど残虐な愚王であったのだからな。それも、そやつは、俺の、じつの父親だ。…ほんに、情けなくて涙が出るわ」

それには応えず、女官長は、すっと立ち上がった。

「お話はこれくらいでよろしいでしょう。おふた方とも、湯あみでもなさってくださいませ。お食事はどうなさいます？　祭りではあまり食べられなかったのですよね？」

「湯や、飯の話より…」

言いかけた王の言葉を遮るように、きっぱりと女官長は告げた。

「いいえ。ここで朝まで語らっていても、埒《らち》が明きません。一朝一夕でなんとかなる話ではございませんから」

めずらしく木で鼻を括《くく》ったような物言いをする。その態度で冴紗は察した。

……たぶん、もうお話をつづけるのがつらいのですね。

女官長のまわりでも、命を落とした人がいるのかもしれない。

だとしても、訊《き》いてはいけない話だ。

そして、だれに訊いてもみなが黙してしまうような、修才邏の暗い歴史なのだということも、冴紗は理解した。


女官長に言われたとおり、湯あみをし、かるく夕餉《ゆうげ》を摂り、寝室へと入った。

その間、羅剛王も冴紗も無言であった。

なにを語ればいいのかわからなかったし、なにを語っても重苦しい話になってしまうと思ったからだ。

寝台に腰かけたあたりで、ようやく王が口を開いた。

「…………浮かれておったな」

それは、冴紗の想いそのものであった。

「……はい」

「俺は、この国の真実を見てはおらなんだのだな」

それは王だけではなく、冴紗も同様だ。

つい数刻前の自分を、冴紗は恥じた。

幼いころの思い出を懐かしみ、揚げ菓子を食せたことを喜んだ。

自分はどれほど恵まれた環境に身を置いていたのか。

花爛帝国で皇帝に向かって放った、おのれの言葉を思い出してしまった。

『いま、このときにも、飢えて亡くなる民がおります。

その方たちとて、好きで飢える立場に生まれたわけではないのです。わたしたちは、それをけっして忘れてはならないのです』

羞恥に身悶《みもだ》えする想いであった。

……なにを偉そうに、わたしは語っていたのでしょう……。

驕《おご》りも甚だしい。口ではああ言っても、それは言葉だけのこと。自国の民が飢えていることすら知らなかった自分が高言できる内容ではない。

うつむく冴紗を見かねたように、羅剛王は手を差し伸べ、頰を撫《な》でてくださった。

「深く思い悩むな。政は俺の仕事だ。おまえが心を痛める必要はないのだ」

「……それでも、人の心を救うのは、聖虹使であるわたしの役目でございます。わたしはさきほど、的確な労いの言葉を差し上げられませんでした。情けのうございます」

薄く笑み、王はさらに冴紗の頰をくすぐるように撫でてくださる。

「おまえに短所などひとつもないと思い込んでおったが、ちがったのだな。生真面目すぎるのが、少々難点だ」

それは、羅剛さまのほうでございましょうに。そう返したいのを、かろうじて堪《こら》えた。

この方はお優しい。

お優しすぎるから、時々心が痛くなる。

冴紗のことばかり案じてくださって、ご自身のことなど二の次、三の次だ。

たぶん王は、ご自身を不甲斐なく思って、冴紗よりも苦しんでいらっしゃる。この方は、生まれながらの為政者であられるのだ。

そこで、ようやく気がついた。

「そういえばわたしは、まだ今宵のお礼を申しておりませんでした」

「礼？……ああ、祭りの件か」

「羅剛さまのお心づかい、いつもたいそうありがたく思うております。冴紗は、ほんに幸せ者でございます」

ふふ、と笑うお顔も、どこか寂しげだ。

「揚げ菓子は美味《うま》かったか？もっとゆっくりできればよかったのだがな」

「はい。口のなかでほろりと溶けて、優しい食感のお菓子でした。たいそうおいしゅうございました」

「そうか。駄菓子と侮っておったが、おまえがそう言うてくれるなら、連れていった甲斐があったというものだ」

目を細めてくださる王に、せめて明るい話題を振ろうと、冴紗はふいに思いついたふうを装って言った。

「そういえば！　羅剛さま、絡繰り人形を買ってくださるとおっしゃいましたのに！」

王もすぐ話に乗ってくださった。

「おお！　すっかり失念しておった！　すまぬ、すまぬ」

「わたしも忘れておりましたが、――あの絡繰り人形、樵が木を伐るさまが、愉快でございました。かんかんと、滑稽《こっけい》なさまで動いて、…あの地は、細工ものが名物なのでしょうか？」

指先で、樵人形の動きを真似してみせると、王はさらに目を細めてくださる。

「そうらしいな。…だが、名物というは、各地にあるのだぞ？　焼き物や、織物、…修才邏は広大な広さを誇る国家であるゆえ、国の端と端では、気候もちがう。郷土料理も、各地にさまざまなものがある」

少し甘えて言ってみた。

「この目で、見てみとうございます」

「むろん、いずれ連れていってやるわ。おまえと、俺の治める国だ。…いや、他国であっても、おまえの見たい場所、行きたい場所、すべてに連れていってやろう」

「はい。楽しみにしております」

ふいに王は、冴紗を抱き寄せた。

そうして、耳元でちいさくおっしゃった。

「………いとしい冴紗。……おまえがそばにいてくれるから、俺はおのれを保てる。いつもおまえが、俺の、心の支えだ」

つねならば喜びで胸が震えるお言葉であるが、今宵はなぜか物悲しかった。

王は苦しんでおられる。

父、皚慈王の殺戮《さつりく》を止められなかったこと。そしてそれは、羅剛王の真名《まな》のせいで引き起こされたということ。さらには、現在の修才邏をきちんと治めきっていないという忸怩《じくじ》たる想い……。

羅剛さまのせいではございませんと、口先だけの慰めを吐いても、王のお心をかるくすることはできぬであろう。

なので、冴紗の言える言葉はこれだけであった。

「冴紗は、御身の妻でございますから」

「甘えておるな。俺は少々」

「甘えていただかなければ困りますし、ほかの方に甘えるようでしたら…」

王の表情が少々緩んだ。からかうような口調で尋ねてくる。

「ん？　俺がほかの者に甘えたなら、おまえはどうするのだ？」

冴紗は、わざと頬を膨らませて言い返した。

「怒りまする」

あんのじょう王は呵々大笑《かかたいしよう》を始めた。

「それはよい！　おまえが怒ったさまを見てみたいものだ。さぞかし愛らしかろう！」

「お褒めくださっても、お見せしたくはございませぬゆえ」

「ああ。だが、いつか怒ってくれ。楽しみにしておるぞ？」

もっと不貞腐れた顔を作ると、王は腹をかかえて笑い転げてくださる。

冴紗は内心安堵《あんど》した。

……道化《どうけ》のような真似をいたしましたけれど。

羅剛さまが笑ってくださった。それだけで満足であったし、これから先も、王がお楽しみくださるならいくらでも道化になろうと、冴紗は心に決めた。

Ⅲ　言葉にできぬ煩悶

修才邏《いざいら》王宮では、月に一度、大会議が催される。

つねの会議は、王と宰相《さいしょう》、重臣のみで執り行われるが、大会議は国内七地域、赤橙黄《せきとうおう》緑《りょくせいあいし》青藍紫の七省大臣たちを総招集する。

一段高い玉座、向かって左手が羅剛《らごう》王の金席、右手が冴紗《さしゃ》の銀席だ。

以前は二立《りゅう》ほど離して設置してあった王と王妃の椅子は、いまは半立《りゅう》ほどの間隔で置かれている。初めて大会議に出席した際、冴紗が少々怯えたので、王が長年の慣習を破って、座を近づけてくださったのだ。

しかし冴紗は二日おきに大神殿へ行かねばならぬため、大会議に出席できることはほとんどなかった。

宰相が一歩前に歩み出て、開会の言葉を述べる。

「これより、青月《せいげつ》の大会議を執り行います」

臣たちは起立し、それぞれが深々と壇上に向かって頭を下げた。

応ずるように一度会釈をしただけで、座したまま、冴紗はぼんやりとその先の議事進行を聞いていた。

自分は政《まつりごと》に口出しできるような立場ではない。

王妃という身分を得ているが、もとの生まれは、貧しい地方衛士《えじ》と針子の子。国の歴史にも詳しくない上、場では最年少だ。父や祖父ほどの年齢の家臣相手に、なにか言えるわけもない。

ところが、そう達観してもおられぬ議題が始まったのだ。

「それでは、——前々からの予定どおり、来月緑月《りょくげつ》の二十五日から一週間、冴紗さまの生誕祭を、翌々の橙月《とうげつ》一日から一か月間、立聖虹使《りっせいこうし》の儀を執り行うということで、正式決定いたします」

「……え……？」

とっさに声を上げてしまった。

……どういうことでしょう？　一週間かけて、わたしの生誕祭、さらにはひと月かけて立聖虹使の儀を執り行う……？

血の気が引く思いであった。祝祭を行うことは聞いていたが、まさかそこまでおおごとになるとは思っていなかったのだ。

会議中に口出しなどしたことはないが、どうしても黙ってはいられなかった。

冴紗は声をひそめて隣席の王にささやいた。

「……あの、……昨年の婚礼の儀にも、華々しく豪華な式を挙げて、たくさんの方々にお越しいただきましたのに、また、それほど盛大な祝祭を執り行うのですか？　たいそう費用がかかりましょうし、招待をするみなさまも、ご迷惑ではありませんか？　ふたつの祝祭は、日程も近《ちこ》うございますし……」

王は怪訝そうに返してきた。

「迷惑だ？　…なにを言うておる。各国から引きも切らず問い合わせがきておるわ。気の早い者など、まだ日取りも正式決定しておらぬのに、早々に修才邏入りしておるらしいぞ。どれほどおまえの顔が見たいのだか。――のう？　そうであろう？」

振られた宰相始め、大臣みなが、満面の笑みでうなずく。

「もちろん、世のすべての者が待ち望んでいる祝祭でございます。冴紗さまがご降虹《こうこう》なさるまで、三百年間『聖虹使』の座は空位であったのですから、修才邏だけではなく、他国の者たちも、正式なお披露目を待ち焦がれているのです」

紫省《ししょう》大臣があとを継ぐ。紫省は、他国との折衝を司《つかさど》る省だ。

「こちらに届いている書状によりますと、碣祉《けつし》国、萋葩《さいは》国、汜濡《しじゅ》国の国王夫妻は、すでに修才邏入りしているそうです。峥嶮《そうけん》国国王ご夫妻および、美優良《みゆら》王女ご夫妻は、日程が決まり次第修才邏入り、畢朔《ひっさく》国、榮嘉《えいか》国、信爛《しんらん》国、理富《りふ》国、功叙《こうじょ》国なども、こちらの許可が下りれば早々に修才邏入りしたいという話です。あとは、…もう私も覚えてはおらぬほど、多数の国、ですな」

場に笑いが湧き起こる。

「ずいぶんと早急な気もしますが、待ちきれぬ想いもわかりますな」

「修才邏には、見るべきところも多いですからな。ひと月ではろくに観光もできぬのではありませんか？」

「さよう、さよう。入国した者たちは、我が国の輝かしき繁栄を目の当たりにして、いまごろ目を丸くしておるでしょうな」

王も笑いを含んだ問いをなさる。

「なんだ、冴紗？　あとは、金の話か？　金など、修才邏にはいくらでもあるわ。我が国はひじょうに潤っておるし、…おまえ、自分が虹霓教《こうげいきょう》の最高位であることを忘れたのか？　おまえのためなら、信仰国はどの国も寄進《きしん》を惜しまぬし、個人でも、儲《もう》けておる商人などは山ほどの寄進をしてくる。毎日毎日、おまえへの貢ぎ物の荷車で、城門前は長蛇の列ができておるのだぞ？」

「王のおっしゃるとおりでございますぞ、冴紗さま」

「住まいが城外の者などは、荷車が邪魔で、職務の刻限までに入門できず、よう遅刻してくるほどでございますよ」

冗談めかした物言いに、場はさらに湧く。

みなたいそう和んでいる様子であったが、冴紗だけはちがった。

平静を装おうとしても、どくんどくんと心臓の鼓動が速くなる。

自分のあずかり知らぬところで、事態が動いている。

本音を言えば、冴紗は華やかな場が苦手であった。

九歳まで人と接したこともない森暮らしであったのに、それからの人生は一転して、つねに人々に囲まれ、崇め奉られる日々。

いまの生活には、何年経《た》っても慣れることができない。

できるものなら、人目のない地、王とふたりだけで、だれとも接せず暮らしたい。それが冴紗の偽らざる想いであった。

「して、祝いの儀の台座案はどうした？　生誕祭と立聖虹使の儀、考えておけと命じたはずだが？」

王の問いに応じたのは、青省大臣だ。

「急ぎ、王に図面をお持ちしろ」

青省の配下の者らしき男が、腰をかがめるようにして入ってきた。手には丸めた図面をいくつか持っている。

男は玉座の前で膝をつき、図面を広げてみせる。

「こちらを。まずは、ご生誕祭の台座案でございます」

うむ、とうなずき、王は身を乗り出して図面を覗き込んだ。

「台座の高さはどれくらいだ？」

「十立《りゆう》でございます」

「それでは、婚姻の儀のものと大差なかろう。…つまらぬ。もう少々高くできぬのか？」

「ならば、十二立《りゆう》ほどでお造りいたしますか？」

「そうだな。むろん、飾りも派手にするのだぞ？　冴紗のめでたい成年祝いであるからの」

「はい。もちろん、その予定でございます」

それでは、立聖虹使の儀の台座案でございますが、…と話はつづいていたが、聞いている冴紗は気の遠くなる想いであった。

婚姻の儀に設《しつら》えられた台形の演台は、凄《すさ》まじく大きく、たしかに高さは十立《りゆう》ほど、上面は三十立《りゆう》四方ほどあった。前面には長い階《きざはし》が刻まれた、神々の座もかくやの荘厳なる演台であった。

……あれよりもさらに豪華なものを造ろうとなさっているのでしょうか……。

さらに言えば、婚姻の儀は羅剛王と冴紗、ふたりのためであったが、誕生の儀と立聖虹使の儀は冴紗だけのためなのだ。

どれほどの費用がかかるのか。どれほどの人々が労務に携わらねばならぬのか。

考えるだけで空恐ろしくなる。

次にしずしずと入ってきたのは、針子らしき女官《じょかん》たちであった。

それぞれが、盆に輝く銀服を載せている。数は七名。

女官は王と冴紗の前で、恭しく頭を下げる。

「ご命令どおり、冴紗さまがお召しになられるお衣装を、いくつかお作りいたしました。

こちらは生誕祭のものでございます」

さらに七名。そちらの針子たちは、盆に虹服を載せている。

瞠目《どうもく》している冴紗の眼前、仰々しい女官たちの列は延々とつづく。

みな、盆の上に飾りものを載せている。

銀の冠、首飾り、腕飾り。虹の冠、首飾り、腕飾り、仮面、さらには額飾り……。各七名ずつ。すべて異なる意匠《いしょう》のものを持ってきているようだ。

めまいを起こしそうであった。

最近知ったことであるが、冴紗の衣装を作る針子は数十人いるという。

それだけではない。その前の虹布、銀布を織る者も数えきれぬほど、もっと言えば、宝飾品なども、飾る部位ごとに数多《あまた》の職工がいて、衣装一着を作り上げるのにも、飾りひとつ作り上げるのにも、数か月かかるらしい。

であるのに、羅剛王はあとからあとから冴紗の衣装や飾りを作ってくださるのだ。

ご自身の衣装、飾りものなどは、いっさいお作りになられぬというのに。

　座から降り、羅剛王はじっくり調べ始めた。

「生誕祭の衣装は、これとこれがよかろう。だが、裾はもっと長く引くように作り直せ。どちらも華やかさが足りぬ。冴紗の美しさを引き立てられぬ」

「畏《かしこ》まりました」

　冠を捧《ささ》げ持つ女官が王に尋ねる。

「冠は、どちらがよろしゅうございますか？」

「王妃冠を被るのではないのか？」

「屋外の儀式の際はそれでもようございますが、夜会の場にはまたちがった冠が必要でございましょう。額飾りでもよろしゅうございますが」

「王さま。首飾り、手首飾りも、いくつかお選びくださいませ。直しが必要でしたら、すぐに直させます。日にちがあまりございませんから」

　王はひとつひとつを持ち上げ、吟味し、楽しげに衣装や飾りを選んでいる。

　途中、こちらに視線をよこし、

「……ああ、すまぬ。本人に訊いておらぬな。おまえはどれがいい？　来て、選べ」

　逡巡《しゅんじゅん》を顔に表さぬよう苦労しつつ、冴紗はちいさく首を振った。

「わたしは、……どれでも。どれも素晴らしいものばかりですので、…どうか、羅剛さまとみなさまで、お決めくださいませ」

ようやくそれだけ言って、口を噤んだ。

冴紗の衣装は、すでに銀服、虹服、それぞれ所蔵宮いくつぶんもあるのだ。飾りものも専用の宮がつぎつぎ建てられている。

その、たった一枚の衣装、たった一個の飾り物の費用だけで、民は生涯暮らしていけるほどだという。それも、一家数人が贅沢《ぜいたく》に。

王と女官、家臣たちの楽しげな様子が、ちくちくと冴紗の心を苛《さいな》んだ。

みなの想いを裏切らぬよう懸命にほほえみを作りながら、内心で思う。

……なにゆえ、このようなことになってしまったのでしょう……。

聖虹使として、そして修才邏の王妃として、人々の前に出ることもお勤めのひとつである。それは重々承知している。

しかし、自分のためだけに国庫の金を浪費する。

昨日のあの子供たちと老婆には、むろん王が食べ物を得られるように取り計らってくださった。

けれど、飢えている民はほかにもいる。女官長の言ったとおり、いなくなることはないのだ。

わたしのためにお金を遣わないでくださいませ。衣装も飾りも、もう一生使いきれぬほどございます。儀式も、華やかなものなど望んではおりません。そのようなことにお金を遣うくらいでしたら、どうぞ困窮している方々に分けて差し上げてください。わたしは、身ひとつでかまいませぬゆえ。

口から溢《あふ》れ出てしまいそうな本音を、冴紗は懸命に噛み殺した。

言うわけにはいかぬ言葉だ。

言ってしまったら、羅剛王の、そして人々の想いを裏切ることになる。

夕刻。大神殿に向かわねばならぬ刻限となった。

大会議から言葉を発せぬ冴紗を見て、王は案じてくださったらしい。

「どうした？　具合でも悪いか？」

「……いえ」

「だが、うかぬ顔をしておる」

冴紗は思わず袖で顔を隠した。

この想いを王に察せられてはいけない。これはあまりに不遜な考えだ。

それでも羅剛王は、敏感に察してしまったようだ。

「儀式のことであろう？　……わかっておる。おまえが華やかな場を好まぬのはな。俺とて、おなじだ。気は進まぬ」

口を開きかけ、……やめた。

それでも羅剛さまは、高貴なお生まれでございます。

生まれたときから最高級の衣装に身を包み、つねに人々に傅《かしず》かれるお育ちであられた。

反して自分は、賤《しず》の生まれ。

なのに、煌《きら》びやかに着飾らなければいけないのです。人々に傅かれなければいけないのです。

胸のなかが焼け焦げているようだ。

「そろそろ出立の刻限だ。支度をせい」

「……はい」

王に促され、私室へ入る。王妃の銀服を脱ぎ、聖虹使の虹服に着替える。

花《はな》の宮《みや》でも大神殿でも、冴紗の衣装はつねに新しいものが用意されている。

冴紗はなにも考えず、それを身に着けるだけだ。

ほとんどの服は、一度袖を通すきり。それどころか、いまだ袖を通しておらぬ服も山ほどある。

冴紗はみずからの胸を手で押さえた。

……この、胸を焼く想いはなんなのでしょうか。

言葉にして吐き出すこともできぬ、自分でも理解できぬ、不可解なこの想いは……。

冴紗は飛竜《ひりゅう》を御することが苦手なため、移動はつねに羅剛王のお手を煩わせなければならない。

ともに飛竜の背に乗り、王は冴紗のうしろから手綱を握る。冴紗は王の胸に抱かれるような体勢だ。

大きく羽ばたきを始めた飛竜は、茜色《あかね》に染まる大空へ悠々と飛び立つ。

これより、大神殿まで数刻の飛行だ。

地上では、ぽつりぽつりと灯《とも》りが点り始めていた。

冴紗は眼下に広がる豊沃な大地を眺め、思う。

……あの灯りのひとつひとつに、人々が暮らしているのですね……。

それはいったいどれほどの数なのか。

修才邏だけの話ではない。世には数多の人々が暮らしている。

冴紗の真名《まな》は、『世を統《す》べる者』。

羅剛王は、ご自身の真名が虹霓教大粛清のきっかけとなったことに苦しんでおられるが、冴紗もまた自身の真名に苦しんでいた。

自分などが、なにゆえ『世を統べる』という大それた名をいただかなければならなかったのか。

その前に、自分はなにゆえ、虹髪虹瞳《こうはつこうどう》などという異様な風体に生まれ、人々に崇められなければならなかったのか。

「……わたしは、ただの人間ですのに」

ついつぶやいてしまっていたが、王はお気づきにはならなかったようだ。

特別な経験を積んできたわけでも、苦労をしてきたわけでもない。

むろん、人より優れた面があるわけでも、素晴らしい才があるわけでもない。

お役目が重すぎると、泣き言を吐いたこともあるが、…それすら、どなたも真に受けてはくださらぬのだ。

麗煌山《りこうさん》の頂上に建つ、虹霓教大神殿。

屋上では、神官たち五名ほどが待っていた。

羅剛王は、冴紗を抱き上げ、下ろしてくださる。

神官たちは冴紗にだけ深々と頭を下げる。王に対しては、おざなりな会釈《えしやく》しかしないというのに。

「お帰りなさいませ、冴紗さま」

感情をおもてに表さぬように、冴紗は静かにうなずいた。

王宮でも大神殿でも、冴紗が着くと、だれもが『お帰りなさいませ』と言う。

そのたび、身がふたつに裂かれるような気がする。

ほんとうの自分が帰る場所はどこなのか。自分の居場所というのは、王宮なのか、大神殿なのか。

「ではな、冴紗。また二日ののちに迎えに来るからの？」

王のお言葉に、冴紗は頭を下げて応える。

「はい。ありがとう存じまする。お手数をおかけしますが、よろしくお願いいたします」

この言葉を吐く際は、毎回思ってしまう。

人がいなければ、羅剛王に抱きしめていただきたい。もっと言えば、くちづけていただきたい。

さらに真実の想いを言えば、帰らないでいただきたい。

王宮で過ごした二日間が幸せであればあるほど、別れのときがつらい。王と離れる際の寂寥感《せきりょう》を、冴紗は毎回唇を噛んで耐えてきた。

それでも、一歩大神殿に足を下ろしてしまえば、自分の立場は『王妃』ではなく、『聖虹使』なのだ。

あっという間に神官たちに取り囲まれ、階へといざなわれてしまう。

振り返り、いとしいお方の飛び立つ姿を見るいとまさえ与えられない。

神官たちは慌ただしく声をかけてくる。

「冴紗さま、ご到着早々申し訳ありませんが、お急ぎくださ い」

「本日は、謁見希望者が二百名ほど待っておりますので」

もう夜になるというのに、そんなに……という返事が喉で凝《こご》る。

以前は、移動の夜には謁見は行われなかった。しかし近ごろは参拝者が増え、へたをすれば日付が変わる時刻まで謁見の座に着いていなければならない。

麗煌山の麓の宿屋、飯屋、登山用の杖《つえ》や小物を売る店などでは、謁見の日取りはしっかり張り出されている。何日から何日は、聖虹使さまは王宮に赴かれているのでご不在でございます、と。

なのに人々は麗煌山を登り、大神殿で冴紗の戻りを待っている。つまり、なかにはもう二日以上も滞在している参拝者もいるということだ。

その方たちをこれ以上待たせるわけにはいかない。

「わかりました。支度を急ぎます」

それだけ言い、冴紗は私室に入った。

こちらの私室でも、虹服、虹の飾り、虹の仮面などは、部屋に入りきらぬほど用意されている。

王宮から着てきた移動用の虹服とはちがい、謁見用の衣装は荘厳な作りで、一立《りゅう》ほど長く裾を引くものだ。飾りも、ひじょうに煌びやかなもの。仮面も飾り物も同様だ。神の子の威光を示すため、虹石や宝玉をふんだんに使い、虹糸で精緻な刺繡《ししゅう》が施されている。

衣装を着替え、仮面を着け、額飾り、首飾り、腕飾りと身に纏っていくあいだに、冴紗は『聖虹使』を装う覚悟を決める。

だれにも言えぬことではあるが、このお役目は、ほんとうにつらい。

大神殿にやってきた十五のころから、神官たちに言い含められてきた言葉がある。

『お身さまは、聖虹使さまにおなりです。

聖虹使さまは、虹霓神のひとり子。世のすべての者の信仰の対象であられるのです。人としての行動は許されません。

なにがあっても超然と座し、身じろぎひとつなさってはいけません。

信者の前で飲食をなさることも、怒ること、笑うこと、もっと言えば、咳《せき》をなさること、嚔《くしゃみ》も欠伸《あくび》すら、いっさいなさってはいけません。

そして古来より、男御子《みこ》さまは女性姿を、女御子さまは男性姿を装うしきたりです。

聖虹使さまは、人としての理《ことわり》を超越し、性をも超越なさった、聖なる存在なのです』

神官たちはみな年長者で、その言葉どおり、冴紗に厳しい訓練を強いた。

ろくに教育も受けずに育った冴紗は、慈悲深い言葉づかい、優美な立ち居振る舞いを徹底的に仕込まれ、人々にどう接しなければならないか、さらには、過去の聖虹使の語った言葉なども一言一句余さず暗記させられた。

いついかなるときでも、神の御子としての対応ができるように。

つねに、人々に崇められる完璧な聖虹使であるために。

そういう苦しい過去があったからこそ、いまの自分がある。

だれかに対して恨みはないし、この特異な容姿を持って生まれながら、いまも命が繋《つな》がっている、そのことに関しては、すべての方に心から感謝している。

支度が整い、まずは聖虹使の座に着く。

動いているさまを参拝者に見せぬためだ。

かるく目で合図をすると、神官が声を張り上げる。

「では、——聖虹使さまの謁見を開始いたします！」

ぎ、ぎ、ぎ、ぎ、と重厚な軋《きし》み音とともに、扉が開けられる。

高い座から見下ろす先には、待ちかねた信者たちが列をなしているのが見える。

冴紗を目にしたとたん興奮して駆け寄ったり、衣にすがりついたりせぬように、神官がいざない、一組ずつ聖座の下まで連れてくる。

「御子さま！」

最初に連れてこられた老夫婦らしきふたりは、段下で膝をつき、床に頭をこすりつけた。

「……ああ、…御子さま……」

「……なんと麗しく、神々しいお姿でございましょう……！」

端然《たんぜん》と、冴紗は言葉を発した。

「長いことお待たせいたしました。麗煌山の山頂まで参られた、おふた方の信仰心の篤《あつ》さを喜びます。これより先も、父の教えに従い、清く正しく生きてください」

そのような型どおりの言葉ですら、受けた老夫婦は狂喜した。

「……………あ、…ありがとうございます！」

「御子さまに直接お言葉をいただけたこの幸せを、わしら生涯忘れません！」

感涙に咽《むせ》んでいる老夫婦を、神官はもう立ち上がらせようとする。

そのすぐ一立《りゅう》ほど背後には、次の参拝者が待っているからだ。そのうしろにも、長く人の列がつづいている。

……たしか今日は、二百人以上お待ちなのですよね。

これでは、日付が変わるころまでかかってしまうかもしれない。だが、次々こなさなければ、明日はまた新たな参拝者がやってくる。

以前は、ひとり半刻ほどかけて語ることも許されたが、いまではほとんど流れ作業のようなありさまだ。

冴紗から見たら、眼前を参拝者たちがぞろぞろと歩んでいくだけのように見える。

ふいに。

息が苦しくなった。

本当に、これが謁見と呼べるものなのか。

瞼《まぶた》を閉じると、あの老婆と、痩せこけた子供たちの姿が浮かぶ。まるで網膜に焼きついてしまったかのように。

自分があの方たちと会うことは、たぶん、もうない。

彼らは麗煌山を登れない。来るまでの旅費もない。

ここに来られるのは、裕福で、体力のある、恵まれた人のみ。

足腰の弱い老人、病に苦しむ者、貧する者、子を産み育てている者、人に尽くしている者などは、けっして来られない。

たとえ来られたとしても、いまの自分では、ひとりひとりに長い言葉をかけてあげることすらできぬのだ。

……なにゆえ、わたしは、ここに座しているのでしょう……？

わたしのいることに、いったいなんの意味があるのでしょう？

飾り物のごとく虹椅子に座し、暗記してある過去の聖虹使さま方のお言葉を、ただ繰り返す。

これでは、祭りで売られていた絡繰り人形と変わらぬではないか。

まるで自分の背に螺子があるような気すらしてきた。

きりきりと螺子を巻かれ、決められた言葉を吐くだけの、聖虹使人形だ。

そして、――冴紗は、唐突に真実を悟ってしまったのだ。

……こうして聖虹使の聖座に座しているかぎり、わたしは、この世でもっとも過酷な暮らしをなさっている方々に、お会いすることすらできないのですね……。

真に救いを求める人々を置き去りにして、なにが聖なる存在か。なにが、神のひとり子、聖虹使か。

息の苦しさが増していた。

気づかれぬよう、唇をわずかに開き、浅い息を繰り返す。

喉がからからに渇いてきていた。

いけない。顔を取り繕わなければいけない。感情をおもてに出してはいけない。

しかしそう思えば思うほど、呼吸が荒くなる。吸っているはずなのに、空気が身体に入ってこぬ感じだ。

ほほえみを作らなければ。仮面を着けていても、人々は自分の一挙手一投足を見つめている。おかしな態度をとってはならない。

脂汗が滲んできた。拳を握り締め、ほほえみを作るため、懸命に口角を上げた。

身が小刻みに震え始めている。心臓を熱い手で摑《つか》まれているようだ。

視界が揺らぐ。なにか言い訳を吐いて、少し休ませていただかないと、……このままでは…………倒れてしまう……。

「冴紗っ！」

がしっと、大きな手が冴紗を支えていた。

「やはり、具合が悪かったのだな？　…すまぬ、俺がもっと早《はよ》うに気づいておれば！」

……羅剛……さま……？

いまいちばん欲しているもの、いちばん安らげる、頼れるお方の逞《たくま》しい腕、あたたかさ、香り、……冴紗は頽《くずお》れるように王の胸にすがりついていた。

……まだお帰りではなかったのですか……？

人々の騒《ざわ》めきが、遠い雷鳴のように轟《とどろ》いている。

王？　羅剛王？

聖虹使さまが、どうかなさったのかっ？

振り返り応える、羅剛王の叫び。

「謁見の最中だということはわかっておるが、緊急事態だ。許せ！」

やはり自分は、ほんとうに王に抱き締められているようだ。

王は冴紗の顔をご自身の胸に押しつけるように、きつく抱き締めてくださっている。

「おまえらも、わかっておろう？　これは、神の子であっても、いまは人の身を纏っておるのだ。疲れもするし、苦しみもする。謁見を邪魔した咎《とが》なら、俺が負う。――道を開けてくれ！」

視界の端に、神官たちの駆け寄ってくる姿が映った。

「冴紗さま！」

「申し訳ございません！　私どもがおりましたのに！　お疲れだったのですね？」

王が怒鳴り返している。

「疲れておるに決まっておろうが！　王宮から移動して、まだ半刻も経っておらぬ！　なにゆえ、少しくらい間を置いてやらぬのだっ。――とにかく休ませる！　信者たちの対応は、おまえらに任せる。今日は連れ帰るぞ！」

肩で息をしながら、冴紗はかろうじて言葉を吐き出した。

「………申し訳、……ございませぬ」

「だれに謝る？　おまえが謝る相手などおらぬ。謝らねばならぬのは、無理ばかりさせておる俺たちだ」

必死に反論する。

自分の都合などで、謁見を止めてはいけない。

「……これしきのことで、長く待っていてくださっている方々に……」

つぎに聞こえたのは、参拝者たちの声であろう。

「いいえ！　どうか、お休みくださいませ、御子さま！」

「私たちは、いつまでもお待ちしておりますから！」

「御子さまのお身体のほうが大事でございます。みな、何日でも待っておりますので、どうぞ、お心を安らかに」


ああ。


優しい方々ばかりだ、この場にいらっしゃる方は……。

なのに自分は、決められたお役目ひとつ果たせぬのだ。

なんと情けなく、恥ずかしいことか。


自分を責める想いは強かったが、冴紗の視界はそこで暗転した――――。

Ⅳ　新宮にて

「…………ここは……？」

目覚めた冴紗《さしや》の目に映ったのは、見慣れた花《はな》の宮《みや》の寝所ではなかった。

すぐそばで返事があった。

「気づいたか？　…よかった。ここは、新宮だ」

羅剛《らごう》王の声であった。枕元に座して、見守っていてくださったようだ。

「……新宮……？」

「ああ。王宮まで連れ帰るのは酷だと思うてな。こちらに連れてきた」

新宮は、大神殿と王宮のほぼなかほど、芳苑山《ほうえんざん》の山頂に建てられている。

王は背後に向かって声をかける。

「冴紗が気づいた。気付けの薬湯を持って参れ」

「はい！　ただいまお持ちいたします！」

ばたばたと忙《せわ》しなく動く音のあと、女官《じよかん》が盆を捧げ持って入室してきた。

「急なお越しで、驚きました」

見知った女官であった。

たとえ月に数度休憩に立ち寄るほどの宮でも、慣れぬ者がおっては安らげぬであろうと、王はそこまで気を遣って顔見知りの女官を配置してくださっている。

「ああ。謁見の最中に、冴紗が倒れてな」

「それは、…たいへんでございましたね。出すぎたことを申すようですが、お疲れなのではございませんか？　冴紗さまも王さまも、政務に忙殺されているご様子ですので」

王も、花の宮で働いたことのある女官には気を許せるご様子だ。

「まったくだ。俺たちが言うのも、弱音を吐くようで厭《いや》なのだがな、…気づいたら、おまえらがまわりに言うてくれ。俺はともかく、冴紗はあまり身体が丈夫ではない。無理をさせすぎないでほしいのだ」

ほれ、飲め。気付けの薬湯だ、と王に湯飲みを渡された。

冴紗は促されるまま口にした。

……あたたかい……。

苦味のある薬湯が喉を通り、胃の腑《ふ》に落ちていく感覚。

それで気づいた。ほんとうに身が冷え切っていたことに。

「冴紗さま。王宮には伝書を飛ばしておきますから。今宵は、どうぞこちらでごゆるりとお過ごしくださいませ」

「……ありがとうございます。お手数をおかけいたします」

女官が辞したあと、ようやく人心地がついてきた。

寝所には、王と冴紗、ふたりきりだ。

水時計を見ると、紫司《しし》。あれから二刻ほどしか経っておらぬようだ。

……本来ならば、まだ大神殿で謁見を執り行っている最中なのですね。

自分は、大切な職務を放り出してきてしまったのだ。

思い至ったとたん、一気に恐慌状態に陥った。

さきほどの動悸《どうき》がまたしても襲ってきた。

どくんどくんと脈打つ心臓が苦しい。胸を掻《か》き毟《むし》るようにして、声を絞り出す。

「………わたしは……心を、おもてに出してしまったのですねっ？　謁見中にもかかわらず、人々に感情を見せてしまったのですねっ？」

鋭い絶望感が胸を貫く。

……あのとき、どれほどの人がそばにいました……？

自分は、聖虹使《せいこうし》として、けっしてしてはならぬと教え込まれた決まり事を、自身の気の緩みで破ってしまった。

「落ち着け、冴紗っ！」

王はあたたかい手で冴紗を抱き締めてくださった。

「だれも見てはおらぬ！」

はっと、王を見つめる。

羅剛王は、安心させるように冴紗の背をかるく叩《たた》き、

「俺がすぐさま抱き留めた。信者は床に額をつけていた。神官どもも、信者のほうばかりを見ておった。――俺だけだ。おまえの異変に気づいたのは」

「…………まことで、……ございますか……？」

「むろん、まことだ。安心せい。おまえはいつもどおり、しっかり聖虹使の役目を果たしておった。乱れた姿など、だれも見てはおらぬ」

冴紗の目から、はらはらと涙がこぼれた。

では、羅剛さまはご存じであったのだ。聖虹使の禁忌を。

冴紗は王の胸に顔を埋《うず》めて、涙した。

「……羅剛さま……羅剛さま……」

「ああ、よい。つらかったであろう？　聖虹使の決まりとはいえ、人前で飲食もさせぬ、身じろぎひとつさせぬとは……いくら鍛錬を積んだとて、人として、とうていできる業ではあるまい」

「……いつから……？　いつから、ご存じでした……？」

王は渋面のまま、吐き捨てるように告げた。

「すまぬ。つい数か月前だ。もっと早《はよ》うに知っておれば、…いや、知ったときに、俺の権限でやめさせておったなら、おまえをここまで苦しませずに済んだであろうに……」

お優しい言葉に涙が止まらない。

王は、冴紗の謁見をたいそうお厭《いと》いになられていた。見るのも不快であると、大神殿まで送ったあとは、早々に引き上げていたはずであるのに、今日はなぜだかご覧になられていたようだ。

冴紗は、かろうじて謝りの言葉を吐いた。

「………お見苦しいところをお見せいたしまして…」

「よい。話すな」

「なれど…」

「おまえ、俺にだけ甘えさせて、おまえは俺に甘えてはくれぬのか?」

「そのようなことは、…わたしはいつも御身《おんみ》に甘えておりますゆえ」

不思議なことに、もうあの恐慌状態は収まっていた。

王のいらっしゃる場は安らげる。この方のそばならば、楽に息ができる。

「甘えておると言うなら、素直に言うことをきけ。しばらく黙って、俺にもたれかかっておれ」

羅剛王は冴紗を抱き締め、とんとんと、かるく背を叩きつづけてくださった。

そのたびに、全身から苦痛と焦燥感が抜けていく。

幼子になったような心地よさに陶然となる。

……いつも、いつも、羅剛さまはわたしを助けてくださるのですね……。

このお方こそ、特別な力をお持ちなのではあるまいか。そう思ってしまうほど、王は、冴紗の窮地にすぐさま駆けつけてくださる。

神の御子《みこ》は、自分などではなく、ほんとうはこのお方なのではなかろうか。

唐突に王は苦渋の滲む声でおっしゃった。

「おまえは、……ずっと、あのような苦行を強いられてきたのだな」

はっと身を正し、王を見つめる。

「……苦行と、いうわけでは……」

「苦行ではないと言うのか」

冴紗は唇を噛んだ。

この方に嘘《うそ》はつけない。つきたくない。

「…………申しても……よろしいのですか……？」

「ああ」

「つろうございますと、……言うてしまったら、御身を責めるようで、…ただ、虹髪虹瞳《こうはつこうどう》を持っているだけの、徒人《ただびと》のわたしを崇めてくださる方々を裏切るようで、……申せませんでした。以前の聖虹使さま方は、きちんとこなしておられた責務でございますし、…わたしは、御身が止めてくださったので、身を切る手術も受けてはおりませんし、…それだけでも、歴史上初めての、幸福な聖虹使でございますのに……」

「幸福なものか。聖虹使など、この世でもっとも唾棄すべき職務だ。人ではない、神の子よと崇め奉りながら、常人ではなせぬほどの苦行を強いる」

「……そうおっしゃってくださるのは、羅剛さまだけでございます」

王はぎりぎりと歯噛みした。

「言うても詮ないこととは思うが、俺がもっと虹霓教《こうげいきょう》のことを知っておれば……。大神殿に行けなどと言わなんだら……」

冴紗は首を振った。

「もう、……それは。羅剛さまは、わたしの身を案じて、おっしゃってくださったのですから」

「だが、此度《こたび》のことは、聖虹使の役目ばかりが原因ではなかろう？」

「……え……？」

「おまえが近ごろ思い悩んでいることは、わかっていた。……俺には言えぬ話か」

冴紗は、王の瞳を見つめてしまった。

深い、黒。

冴紗が愛している、心から信頼できる色だ。

つぶやくように、想いを口にしていた。

「……………苦しゅうございます」

王は瞳でつづきを促す。冴紗は心のなかのすべてを吐露した。

「瞼を閉じるたびに、祭りの日の、あの痩せた子供たちの姿が目に浮かんでしまいます。我が国で、あのように貧窮した暮らしをしている方がいるというのに、……わたしの置かれている立場は、なんなのでしょう？　修才邏《いざいら》の国母となりましたのに、…自分だけが暖かい場所で、なに不自由のない暮らしをさせていただいて、煌びやかな錦繍《きんしゅう》を着せていただいて、……さらには、生誕祭、立聖虹使の儀などと、……わたしのための衣装、祝いの準備、…………いったい、いくら費用がかかるのでしょう？　……身が裂かれるような想いでございます。あの方たちに、たった一口の食さえ差し上げられぬというのに、どうしてわたしだけが、のうのうと豪奢《ごうしゃ》な生活を送っているのか。人々の血と汗の苦しみをわかっておりながら、わたしは飢えたこともなく、寒さに震えたこともないのです。申し訳なくて、つらくて、……胸の痛みが治まりませぬ」

王は無言であった。

いったん語り出した冴紗は止まらず、さらに言い募った。

「もう厭でございます。どうか、わたしの衣装、飾り、食に、お金をかけないでくださいませ。そのぶんを、人々に配ってくださいませ。衣装も、飾りも、あれほどはいりませぬ。売って、みなさまにお金をお配りしたいくらいです。浮いたお金を人々の衣食住に回し、どうか、神殿をもっと建ててくださいませ。神官さまも増やし、過去のように、人々の心の拠《よ》り所を作ってくださいませ。……それから祝いの儀も、本音を申せば、厭でございます。わたしの誕生日など、なにもめでたくはございません。人は、すべておなじ立場でございます。虹霓教は、そういう教えでございます。わたしの誕生日を祝うのなら、国の民、すべての方々の誕生を祝いたいのです。みな、ひとりひとりが、世の宝、国の宝でございます。お元気な、お立場の高い方々ばかりを招いて、立聖虹使のお披露目をするのなら、私は、地の果てまでも、この足で赴きとうございます。老いた方、病で苦しむ方、あらゆる方々に、わたしのほうこそが、ご挨拶に伺いたいのです。ひとりひとりのご苦労を労って差し上げたいのです。ただ虹椅子に座しているだけは、もう厭なのでございます」

言いながら、頬を伝う涙を止められなかった。

想いをすべて吐き出し、大きく肩で息をしていると、ようやく王はお言葉をくださった。

「やはり、な」

「……は……？」

「だいたい、そのようなことと睨《にら》んでおったが、…やはりそう思うておったのだな」

王は、指先でそっと冴紗の頬の涙を拭った。

「おまえは、身を驕らぬ。だからこそ、民はおまえを神の御子と崇めるのだ。…みな、わかっておる。おまえが苦しみを感じていることは」

「それでしたら…」

「だが、…ならば、俺たちの想いも察してくれ。おまえのために尽くしたいのだ。俺だけではない。民すべてが、おまえに尽くしたい。それが生き甲斐なのだ。おまえがいてくれることが、俺たちの希望であり、生きる支えなのだ」

「そうおっしゃられましても、……いえ、わかっているつもりでございました。なので、言えませんでした。みなさまが、あれほど喜んでくださっているのに、……わたしひとりの我儘《わがまま》で、祝いの儀を取りやめてくださいませ、とは…」

「おまえひとりではない。俺と、ふたりだ」

はっとした。瞳を合わせた王は、慈しみ深い笑みを浮かべてくださった。

「それが心からのおまえの望みなら、叶えてやる。おまえを苦しめるものがあるなら、なにがあっても排除する。――俺の恋狂いを甘く見るなよ？　おまえのためなら命すら惜しくないと、何度も言うておろうに？」

冴紗は言葉を失った。なんと心震えるお言葉であろうか。

王は慰《い》するようにつづけてくださった。

「よう言うてくれた」

「……羅剛さま……」

「頬の色が戻ってきておる」

反射的に冴紗は自分の頬に手をやっていた。

「気が楽になったか？」

「……はい」

「俺は、おまえを安らかにさせてやれたか？」

「はい、…はい。むろんでございます」

羅剛王は、冴紗を抱き寄せ、触れるだけのくちづけをくださった。

恋しいお方の唇のあたたかさに触れ、ふいに羞恥心が湧いてきた。

「…………申し訳ございませぬ。見苦しく取り乱しまして……。ほんに、恥ずかしゅうございます」

「恥ずかしい？　なぜだ？」

「おわかりになっていらっしゃいましょうに」

ふふ、とお笑いになり、王は首をかしげる。

「さあ？　わからぬな？　…わからぬから、言うてくれぬか？」

さきほどから疼《うず》くように身体が熱かった。

なにゆえ熱いのか、冴紗は自覚していた。

王と睦《むつ》むような場になると、いつもこうして身体が熱くなる。

男の方のものにしていただくということの真実を、昔はなにも知らなかった。

だが羅剛王の与えてくださる快感は、あまりにも甘美で。

愛するお方を受け入れるという行為は、あまりにも幸せに満ちていて。

思い出すだけで、これからまたあの喜びのときを過ごせると想像するだけで、はしたなくも身体が熱くなってしまうのだ。

頬に血が昇るのを感じながら、冴紗は小声で答えた。

「………わたしは、ながの恋煩《こいわずら》いで苦しみましたゆえ、…御身のおそばにおりますと、いまだ夢のようで……羅剛さまは、たいそう素晴らしいお方でございますゆえ」

「素晴らしくなどないぞ？　俺は、おまえに恋するただの男だ」

王の黒い瞳を見つめていると、吸い込まれそうになる。なにも考えられなくなる。

王は吐息の混ざる熱い声で、訊いてくださる。

「……では、よいのだな…？　身に負担がかからぬか…？」

なにをお尋ねになっているのか察し、冴紗は視線をそらした。

「負担、…に、なりましょうか……？」

「倒れたばかりであるからの。なるのならば俺は堪えるが？」

意地の悪いことをおっしゃる。

冴紗の身体には、もう火が点《つ》いてしまっているのに。それをわかっていながら、王はよ
くこういうふうにおからかいになる。

不満げな顔をしていたのだろう。王はかるく吹き出した。

「そうか。負担ではなさそうだな」

その段になって、ようやく気づいた。

冴紗は薄物一枚しか身に着けていなかった。

「……ぁ……」

「服か？　息が苦しいのではないかと思うてな。緩めておいたが…」

王は手を伸ばし、するりと、襟元から忍び込ませてくる。

「あの仰々しい衣装を脱がせるのは難儀であったぞ？　飾りもそうだ。外すのがたいへん
であった。あれをすべて身に着けておっては、さぞ重かろう」

苦笑まじりで冴紗はうなずいた。

「はい。たいそう重うございます」

衣装も、それからお役目も。

「そうは言うても、俺もおまえには着飾らせてばかりだからの。神官どもを咎《とが》められぬが。

…だが、なにを着ても似合うてしまうおまえが悪いのだぞ？」

軽口のようにおっしゃりながらも、王の手は素早く冴紗の服を剝《は》ぎ取っていく。

むろん恥ずかしさはあったが、冴紗は止めなかった。

早く抱き合ってしまいたかったからだ。

羅剛王のあたたかさと重みを、身体すべてで感じたい。

「目が潤んでおる」

「……はい」

「俺を誘うておるようだの」

「……はい。誘っておりまする」

くっ、と喉の奥で笑い、王はみずからの服も脱ぎ捨てた。

抱き合う瞬間の、この喜びを、どう言い表せばよいのか。

恋しいお方の身体は、すでに昂《たかぶ》っている。

冴紗もだ。

初めのころは、王の昂りも、自身の昂りも、恥ずかしくて目をそらすばかりであったが、
冴紗が熟すさまを、王はいつもお褒めくださる。

固くいだき合い、くちづけを交わし、ふたり縺《もつ》れるように寝台に倒れ込み、さらに唇を重ね合う。

「俺は、の」

「……は？」

「おまえと愛し合う前は、毎回夢なのではあるまいかと疑《うたご》うてしまうのだ。…俺こそ、長いあいだおまえに恋焦がれておったゆえ、な」

大きく熱い手が、冴紗の肌をまさぐっている。早急で荒々しいその動きが嬉《うれ》しい。

羞恥で震えつつ、冴紗も応える。

「わたしも、夢よりも夢のようだと思うております。……羅剛さまのお情けを頂戴できる喜びを、…………ほんに、なにゆえ、これほど幸せなのでしょう？」

王は少年のようにはにかんで、尋ねてくださる。

「俺と睦むことは、幸せか？」

答える冴紗も、羞恥で頰が熱い。

「はい。これ以上の幸せはないと思うほど、幸せでございます」

「……そうか」

そこから先は、言葉にならなかった。

王に、足のあわいの果実を握り込まれると、全身に快美が走る。

はしたないと思い、唇を嚙み締めて堪えようとしても、恥ずかしい声が洩れてしまう。

「………ぁ……ぅ……っ……」

「よい。声を抑えるな。妙《たえ》なる調べだ。聴かせよ」

「なれ、ど…」

王はわざと冴紗を鳴かせるように、手荒く果実を揉み込む。

「……………あっ、……おやめ、くださいませっ……」

「なぜだ？　手嬲《てなぶ》りは厭か？」

厭なのではなく、すぐに弾けて、はしたなくも蜜を洩らしてしまいそうなのだ。王のくださる刺激は、それほど甘く、心地よい。

上目づかいに訴えると、王は喉の奥で笑い、

「ならば、果実ではない奥を可愛がってやろう」

意味を察し、冴紗はあわてた。

「……ぇ、…ま、まだ、それは……」

「駄目だ。待てぬ」

するりとあわいに忍び込み、最奥の蕾《つぼみ》に到着すると、王のお手は、柔布のごとき優しさで、秘所を蹂躙《じゅうりん》する。

……あ、……あ、…羅剛さまの、お手が、お指が………。

その、熱い指先で、愛し合う場所をまさぐっていただくたびに、弄んでいただくたびに、新たな快感が開花する。

冴紗はみずからの手で口を押さえ、なんとか声を出さぬようにと堪えたが、王は愉快そうに、さらに蕾の奥まで苛《いじ》めてくる。

聞くに耐えぬ淫音が室内にこだまする。

「ああっ……奥は、……」

「奥は？　なんだ？」

「あ、熱うございますっ。火が点いたようで、……ああっ……」

言葉の途中で王は指を抜いてしまった。

しばし力が抜けた瞬間、脚を抱え上げられていた。

逞しい雄刀の先が蕾にあたっている。

……あ、……もう……いらっしゃるのですか……？

つねより早い展開に、息を吸い、衝撃に備える間もなかった。

「……い、……あ……あああ………っ……っ！」

拡《ひろ》げられ、受け入れ、愛するお方とひとつになる感覚。

隘路《あいろ》を雄刀でこじ開けられる苦しさは、すぐに鮮烈な快感へと変わる。幾度味わっても、衝撃的なまでの快美だ。

愛するお方を受け止め、冴紗は夢見心地で思う。

……ああ……幸せすぎて、心地よすぎて……冴紗はおかしくなりそうでございます……。

御身に愛していただける、この喜び、この幸せ。

今宵の王はやはりかなり昂っておられたのか、早急に律動を開始する。

動きのたびに、得も言われぬ快感が全身を駆け抜ける。

激しい突き上げに翻弄《ほんろう》され、声も出せず、冴紗は王と瞳を合わせた。

……羅剛さま。……羅剛さま。

言葉にせずとも、どうかわかってくださいませ。

冴紗は御身を、心からお慕い申し上げております。

すぐに視界はけぶり、追い上げられる快感に耐えきれず、冴紗は蜜を噴き上げていた。

王もまた、冴紗の蕾に尊く熱い迸《ほとばし》りを与えてくださった。


交接のあとは、たいがい気を失うようなさまとなってしまう。

意識が戻っても、朦朧《もうろう》《まどろ》としていて、羅剛王が髪を撫でてくださる心地よさに陶然となりながら、王の腕枕で微睡む。

王はつぶやくようにおっしゃる。

「おまえは、俺の腕のなかでは、つねに声を憚《はばか》らずに上げてくれるな」

一気に頬に血が昇った。

「……え？　……申し訳ございませぬ。はしたない真似をいたしまして。お聞き苦しゅうございましたか……？」

「いや。責めておるのではない。幸福に酔っておるだけだ。…あの、大神殿でのおまえのさまを思い出すたび、別人のように思うてしまうのだ。真のおまえは、たいそう感情豊かであるのに。奴《やつ》らは、おまえに、笑うことも泣くことも禁じたのだな」

はっとした。王のお言葉には、みずからを責めるような色が含まれていたからだ。

「いえ、それは、…古来よりのしきたりでございますし」

「しきたりであっても、おまえを縛っておることに変わりはない。……返す返すも、大神殿になどやるのではなかった」

冴紗は動揺した。ほんに、今宵の王は様子がちがう。

「幾度も申し上げております。聖虹使のお勤めは、身に余る光栄と思うております。わたしなどでも人さまのお役に立てるのであれば、これから先も堪えまする」

懸命に言を尽くしたのに、冴紗を抱き締め、王は自嘲的におっしゃる。

「お役目と言うて、…俺ならば、ほかに役目などいくらでも与えてやれた。王妃の役目だけでも、十分であったのだ。なのにおのれの無知のせいで、いまのようなありさまだ。おまえも、ほかに道を思い描けぬのだ。おまえの生きておる世界は、王宮と大神殿だけだ。俺は、自分の独占欲に狂うて、おまえを腕のなかに囲ってしまった。狭い檻《おり》に閉じ込めてしまったのだ。そしてずっと、苦しめておる」

冴紗は必死に否定した。

「いいえ、…いいえ。閉じ込められてなどおりませぬ。御身のこの腕は、わたしにとって、檻ではございませぬ。そうではなく、——」

最適な表現をあれこれ考え、しばし黙したのち、つづけた。

「——城壁、でございます。わたしを、世のあらゆるものから守ってくださる結界でございます。御身の腕のなかでだけ、冴紗は自由になれまする。心から安らげまする」

言って、それが真実であると実感した。

閉じ込められているなどと考えたこともない。冴紗にとっては、世の中すべてが気を張り、装っていなければならぬ戦場だ。

聖虹使のときだけではない。王妃であっても、他者と接しても、つねに顔を取り繕いつづけなければならぬのだ。そこには、自由も安らぎもない。

しかし、——王は、冴紗のあらゆる感情を赦《ゆる》してくださった。

怒ることも、笑うことも、泣くことも、…それだけではない、愛し合い、恥ずかしい快感の喘《あえ》ぎを上げることさえ、広い御心《みこころ》でお赦しくださった。

「聖虹使のお役目は、たしかに楽しいことばかりではございませぬ。なれど、御身の、この腕に戻ってくるために、誠心誠意勤めさせていただいております。いま、ようやくわかりました。わたしは、御身のこの腕のなかが、帰る場所、生きている場所なのでございます。そして、羅剛さまに、ようやったと褒めていただくために、冴紗はお勤めをいたしておりまする」

「……ほかに望みはないのか」

「ございません」

王は複雑な表情を浮かべていた。

「おまえはそう言うてくれるが、俺はつねに煩悶しておった。俺の選んだ道は、真に正しい道であったのか。愛するおまえに、もっと幸福な道を選ばせてやれなかったのか。だが俺は、……おのれが男であるために、おまえを女にしてしまった」

あまりに苦渋の滲む言葉であった。

「わたしを、聖虹使、王妃にしたことを、後悔なさっておいでですか？」

「後悔など、いつもだ。苦しめるようなことはしたくないのに、いつもいつも、おまえを苦しめているのは、俺だ」

反論しなければいけない。たとえ愛するお方の言葉であっても。

冴紗は毅然《きぜん》と言い返した。

「聖虹使は、男御子ならば女性姿を、女御子ならば男性姿を装うと決められております。虹の容姿で生まれたときから、わたしの未来は決まっておりました。そしてわたしは、羅剛さまの、対《つい》の者として生きていけることが、心の底から喜びでございます。羅剛さまの対、金色の太陽の対が、銀の月であるのですから、――わたしにとっては、これ以上幸福な姿はございませぬ」

王は苦笑ぎみに笑った。

「……ほんに、口の上手《うま》い」

「お信じくださいませぬか？」

「そうであったらよいと、思う。いや、……そう思うてもらうことが、俺の望みだ」

「では、お信じくださいませ。冴紗は偽りなど申しませぬ」

この想いをどうお伝えするべきか。

だが、幾千の、幾万の言葉を連ねても、きっとお伝えできぬにちがいない。

いとしき我が王。

神国修才邏の、偉大な王であらせられるというのに、驕り高ぶることもない。他者を蔑むこともない。つねにご自身を律し、質素に、堅実に生きてこられた。

「どうか、ご自身をお責めにならないでくださいませ。羅剛さまは、わたしにとって、最高の背の君であられますし、国の民にとって、最高の王であられます」

わかった、と王はおっしゃってくださった。

「そこまで言うてくれるなら、――俺も最善を尽くそう。おまえがいまもっとも悩んでいる、あのふたつの儀式のことは、俺がなんとかする」

「はい」

「おまえは、俺の腕のなかでは、ただ安らいでおれ。ほほえんでおれ。俺にとっての望みは、それだけなのだ」

「はい、…はい。羅剛さま」

御身がお赦しくださるなら、冴紗は見苦しいさまも、はしたないさまも、お見せいたしましょう。

冴紗のさまを見て、どうかほほえんでくださいませ。声を上げて、お笑いになってくださいませ。

他者の前では、取り繕うた姿しか見せませぬが、羅剛さまにだけは、なにもかもを曝《さら》け出してお見せいたします。

なにも持ってはおらぬ身ではございますが、それが、せめてもの冴紗の気持ちでございます。

Ⅴ　王の勅旨《ちょくし》

翌週早々、王は緊急の大会議を開くというお触れを出した。

地元に戻りかけていた臣たちは、あわてて引き返してきたようだ。

「先週も行われたというのに、なにごとでしょうな？」

「さあ？　新たな催事の詳細でも決まったのかもしれませんな」

冴紗《さしゃ》の耳にまで、訝しげに語り合う声が入ってきたほどだ。

……羅剛《らごう》さま、儀式のことはなんとかするとおっしゃっていましたが、どうなさるおつもりでしょう？

縮小してくださるというお話なのか。それならばありがたいのだが……。

緊急ではあったが、王は、冴紗も出席できるよう、日程を調節してくださった。

大会議当日。

「羅剛王陛下、冴紗妃殿下、ご出座にございます！」

近衛《このえ》兵の声につづき、大会議の間の扉が開かれる。

王に手を取られ、入場し、――冴紗は驚愕《きょうがく》した。

……長老さま方がいらっしゃる！

それも、三名も、だ。

長老位の神官たちは、めったなことでは外出しない。みなそうとうなお年であるし、大神殿から王宮までは飛竜《ひりゅう》に乗っても五刻はかかる。それもそれは、侈才邏《いざいら》軍最速の羅剛王の竜の話であって、騎士団の普通の竜ならば七刻近くはかかる。騎竜に慣れていない長老方が移動するのはたいへんだったはずだ。

それにしても、王宮内で黒の神官服はひどく浮いていた。

虹色をもっとも尊ぶ虹霓教《こうげいきょう》信仰国では、たいがいの者が鮮やかな色の服を着用する。王宮内で普段から黒衣を身に着けるのは、羅剛王だけなのだ。

「なにゆえ、長老さま方が？」

冴紗のつぶやきに、王は一度うなずくのみで、座に着けと促す。

戸惑いはあったが、それ以上尋ねるわけにもいかず、冴紗は銀の王妃席に着いた。

各省の大臣たちも、困惑ぎみに瞳を見交わしているが、さすがに羅剛王に文句は言えぬらしくだれも声には出していない。

宰相《さいしょう》がおずおずと口を切った。

「……畏れながら、王。大会議を始めるにあたり、此度《こたび》の特別招集の理由をお聞かせいただけませんか…？」

いったん金座に着いていた羅剛王は、おもむろに立ち上がり、ぐるりと段下を見回した。

「わかった。単刀直入に言う。――立聖虹使《りっせいこうし》の儀は、取りやめにする」

騒《ざわ》めきが湧き起こった。

どういうことだっ？

まさか、またどこかの国から戦でも仕掛けられたのかっ？

臣たちは、鉦鼓《しょうこ》の幻聴でも聞こえてきたかのように狼狽《ろうばい》している。

戦ではないことを知っている冴紗でさえ、動悸が激しくなってきた。

……羅剛さま、そのようなことをおっしゃって、大丈夫なのですか……？

騒めく家臣たちを、ぎろっと、ひと睨みして黙らせたあと、王はつづけた。

「立聖虹使の儀だけではない。冴紗の生誕祭も、だ。どちらも執り行わぬ」

ざわざわと反論の声が上がった。

取りやめ、…ですと？

歴史上始まって以来の、虹髪虹瞳《こうはつこうどう》の聖虹使さまのお祝いであるのだぞ？

どちらの儀式も行わぬとは、他国にもなんと申し開きをすればよいのだ？

王は苛立《いらだ》ちもあらわに怒鳴りつけた。

「貴様らに指摘されんでも、それくらいわかっておるわ！　言いたいことがあるなら、声を張って言え。こそこそと話すな！　小心者どもが！」

宰相が怯えた様子で献言する。

「……ならば、王、…どうかご翻意《ほんい》を」

「翻意などせぬ！　王が一度言挙《ことあ》げしたことを、取り下げるわけがなかろう！」

そこまで言い切られ、みなさすがに言葉を失ったようだ。

冴紗はどうしたらよいのかわからなくなった。

……わたしの我儘のせいで、みなさまが争っていらっしゃる。

後悔の念が胸を焼く。

自分だけが耐えればよかった話ではないか。なにゆえ、王に泣き言など吐いてしまったのか。

羅剛王を矢面に立たせて、張本人の自分が黙っていることなどできず、なんとか言葉を、と立ち上がりかけた矢先、

「理由をお聞かせ願いたい」

切り込むように、低い錆声《さびごえ》が響いたのである。

永均《えいきん》であった。むろん赤省《せきしよう》大臣、修才邏軍要の騎士団長だ。

「やはりおまえくらいしか、俺には直接物を言えぬのだな。――理由か？」

王は、薄く笑い、冴紗に視線をよこした。

「冴紗の望みだ」

視線が一気に冴紗に集まった。

次に声を上げたのは、神官たちであった。

「冴紗さま、それはまことでございますか？」

「王に脅されておっしゃっているのでは？　冴紗さまがそのようなことをおっしゃるとは、私どもはとうてい信じられません！」

あまりの言葉に、冴紗は立ち上がりかけた。

そこを、王が手で制した。

「よい。おまえは座しておれ。なにも言わんでいい。俺が答える」

冴紗を止めておいて、王は神官たちを睥睨《へいげい》するように睨みつけた。

「貴様ら、まこと、神官か？　虹霓教の教えを説く者たちか？」

王は神官だけではなく、場の者すべてをゆっくりと見回した。

「なにゆえ、冴紗を責める？　いまだ二十歳《はたち》の冴紗に、…いや、十五の歳から重責を負わせておいて、…それは、なにゆえだ？　聖虹使を担ぎ上げたいのなら、貴様らが虹の髪粉でも使って、装えばよかろうに？」

皮肉めいた言葉に、長老たちのおもてに朱が走る。

「王！　我々は徒人《ただびと》でございます。虹髪虹瞳の、聖なるお方とはちがいますれば…」

「ちがうものか。冴紗とて徒人だ。なのに、貴様らの下衆《げす》な思惑に乗って、芝居の片棒を担いでやっているだけだ。…貴様らとて、長年冴紗と接して、わかっておろう？　これが、ただの子供だということくらい。どれほど苦労を重ねて、あのふざけた役を演じておるのかくらい、十二分にな」

長老たちは虚を衝《つ》かれた様子で口を噤んだ。

「わかっておりながら、冴紗の、この美しい容姿を見せびらかしたいのであろう？　他国の者に、虹霓教発祥の地の修才邏に、神のひとり子が降臨したと、それはこの世のものとも思えぬ麗しき御子《みこ》だと、そう吹聴したのは貴様らであろうに？　そこに倨傲《きょごう》の想いはなかったか？」

ふたたび王は、場内を見回した。

「貴様らにも問う。虹髪虹瞳の冴紗を王妃に迎え、――おのれらを誇る想いが、まったくなかったと言い切れるか？　国の栄華をひけらかす気持ちがいっさいないと、断言できるのか？」

言い込められた恰好で、みな視線を落としている。そこへ王は言った。

「だが、貴様らだけを責められん。――俺には、あるぞ」

みな、はっと、驚愕の面持ちで羅剛王を見上げる。

「我が国の栄華、我が国の平和、そして、冴紗を有していること。……すべて、すべて、俺には誇りだ。我が国の民、我が国の臣、我が国の地、山、川、花や木々、なにもかもを、俺は誇っておる」

家臣たちは、反射的にだろうが、頭を下げていた。

王の率直すぎるお言葉に、胸を打たれた様子であった。

口調を変え、王はつづけた。

「先日、街へ出た。そこで、飢えた子らに菓子をねだられた」

「……そ、それは……ご災難で…」

追従《ついしょう》を吐きかけた者の方を、王は厳しい眼差《まなざ》しで睨んだ。

「災難だとっ？　ふざけたことを申すな！　我が国の、我が民が、飢えておったのだぞっ？　俺は恥ずかしさと情けなさで歯噛みする思いであったわ！　…貴様は、そうではないのかっ？　自国民が飢えておることを、恥とは思わぬのかっ？　――貴様、なに省の、どこの州の大臣だ？　名を申せ！」

うろたえ、その者は口中でぶつぶつと謝罪の言葉を吐いた。

睨むだけでそれ以上詮索せずに、王はお言葉をつづける。

「俺たちは、為政者として、上に立つ者として、…そして、恵まれた者として、つねにおのれを律して生きていかねばならぬのだ」

王は、みずからの掌《てのひら》を上に向け、ぎゅっと握り締めた。

「俺たちは、おのれの意思で簡単に民を屠《ほふ》れる。そういう立場にいる。だからこそ、人の道に外れたことをしてはならぬのだ。我が父のように……」

吐き捨てるように言いかけた言葉を、王は呑《の》み込んだ。

そして冴紗のほうに振り返った。

「冴紗は、子供が好きなのだ。子供ら、年寄り、…むろん、若い者たち、壮年の者たち、……国のみなが幸福でなければ、これも、幸福を感じられぬのだ。式典をとりやめてほしいというのは、そういう意味だ。台座の一基、服の一枚、飾りの一個、賓客に供す馳走《ちそう》、…すべて、…すべてだ。金がかかる。それを民にまわしてほしいとの願いだ。自分ひとりのための生誕祭、立聖虹使の祝いなど、せずともかまわぬ、そのぶんを民の衣食住にまわしてくれと、各地に神殿を建て、人々の心の拠り所を作ってくれと、高貴な者だけを集めて祝いを行うなら、自分こそが各地に出向いて、老いた者、病に苦しむ者、心から神の御子を望んでいる民たちに会い、言葉をかけたいのだと、俺は冴紗に頼まれた。冴紗は、民、ひとりひとりが、得難い世の宝、国の宝であると言うた。――むろん、異論はない。俺は、そう言うた我が妃《きさき》を、心より誇りに思う」

場は静まり返っていた。

ただ王のお声だけが、朗々と響く。

「俺も、我が父愷慈《がいじ》のしでかした悪業の、後始末をしたい。あやつの行った虹霓教粛清は、まちがった行為であった。――以前と同様に、各地に神殿を建て直す。神官ももとの数まで増やす。そうしなければ、我が国の民を真から救うことはできぬ。…そして、まわれるようであったら、冴紗を連れて各地をめぐる。俺は、冴紗の望むとおりのことをしてやりたいのだ」

すべてを語り終えた王は、もう一度ぐるりと座を見回した。

「俺たちは、まことの神の子を、擁《よう》しておる。まことではなくとも、神の子であろうと、懸命に努めている者を、擁しておる。――ほかに、なにを言うべきことがある？　儀式を取りやめるのに、これ以上の理由がいるか？」

羅剛王のご立派な威容に、胸が震えた。

なかほどから冴紗は、臣のほうではなく、王のうしろ姿ばかりを見ていた。

溢れる涙を袖元で隠し、冴紗は感涙に咽んでいた。

……このお方こそ、真の『神の御子』であられる。

わたしではない。

世のみなが誤解をしているのだ。

真の神の子は、虹の容姿を持って生まれてくるのではない。

地を支え、生きとし生けるものの源となり、礎となり、守り抜く、『黒』のご容姿のこのお方こそ、正しくこの世の神の子だ。

まず聞こえたのは、やはり永均騎士団長の声であった。

「御意《ぎょい》」

そのひとことだけで、みなの想いを代弁するかのような、強い意思の返事であった。

わたくしも、納得いたしました。

素晴らしいお考えでございます。

さすが御子さまでいらっしゃる。なんと心清きお方であられることか。

ぽつぽつと上がり、徐々に高まる声に、うむ、うむ、と王は満足げにうなずいた。

「おまえらならわかってくれると信じておったぞ。――して、各地に神殿を建てるとなると、どこの省の管轄だ？　青省《せいしょう》でかまわぬのか？」

青省は、農民、漁民、田畑や山などの管理、従事している者たちへの指導などを行う省である。

しかしなぜだかだれも応えぬのだ。なにゆえに？　と考え、思いあたった。

……いまの修才邏には、神殿を建立、管理する省が存在しないのですね……。

神官たちを育成する場としては、いまだ大神殿が機能しているが、新たに神殿を建てるのは、どこの省も管轄していないのだ。

以前はあたりまえのように神殿があったため、新たに建てる必要などない、修繕はその地の民たちが自発的に行うだけで事足りた。そういう穏やかな時代が、何百年もつづいていたのであろう。

たった二十数年で、この国は宗教の土台を失ってしまった。

皚慈王のしたことは、それほど罪深い愚行であった。

「……そうか。壊してしまったものを作り直すのは、なかなか難儀なことなのだな」

王のお言葉に、声を上げる者たちがいた。

「黄省《おうしょう》も、お呼びいただきとうございます！」

「緑　省《りょくしょう》もお力になれると存じます！」

「それならば、紫省《ししょう》も、他国との折衝をお任せください」

つぎつぎに上がる頼もしい声に、王は深くうなずいた。

「よう言うた。ほんに、あの愚王皚慈が屠ったのが神官だけで、まだ救われるわ。年寄りすべてを殺しておったら、おまえらの意見も聞けぬ、手助けも受けられぬという情けないありさまであったろうからの」

みな、わずかに頰を緩ませていた。

不謹慎であるとは思ったが、想いは察せられた。

羅剛王は、つねは臣たちに対して少々厳しすぎるほどの対応をなさる。そのお方からの褒誉《ほうよ》の言葉は、ひどく心に沁《し》みたのであろう。

——それよりのち、一週が経った。

冴紗は羅剛王と花《はな》の宮《みや》で休んでいた。

王は事態の収拾に追われ、しばらくは休む間もない状況であったらしい。

「各国にようやく書簡を送り終わったのだがな、…結果的にはおもしろいことになったぞ？」

王は冴紗の腕を引き、みずからの膝の上へといざなう。

そういうときはご機嫌がよいとわかっているので、冴紗もおずおずとではあるが、王の膝の上に座る。

「おもしろいこと、とおっしゃいますと？　各国のみなさま、お怒りではございませんでしたか？」

ははは、と笑い、

「怒るどころか、どの国も、大喜びであったわ」

「は？」

「おまえが各地をまわりたいと言うたろう？　あの言を書面にしたためて送ったのだがな、それをどうも拡大解釈したらしくてな、自国にもいずれ来駕《らいが》してくれるものだと思い込んだようだぞ？　おまえの顔を見るだけでも喜びであると、立聖虹使の儀を待ち望んでおったに、自国に来てくれるやもしれぬとわかったら、狂喜するのは当然であるがな」

「それは……むろん、行かれるものでしたら行きたいとは存じますが……」

さすがに何か国まわることになるか、想像もつかない。いまや虹霓教は、世のほとんどの国が信仰国なのだ。

王は冴紗の髪を指先で弄びつつ、笑う。

「よいよい。嘘はついておらぬ。いつ行けるかは、わからぬがな。——ということで、寄進の荷車が、さらに増えたと、…これは門番や、臣からのぼやきだ」

少々困って、黙っていると、羅剛王は脇の下から手を差し入れ、冴紗を抱き上げた。そのまま向かい合わせになるように膝に座り直させた。

「羅剛さま……？」

王は急に真摯な目となって、言った。

「嬉しかったぞ？」

「は？　なにが、でございますか？」

「おまえが、心の内を語ってくれたことが」

瞬時に頬に血が昇る。

幾度思い出しても恥ずかしい話だ。

「もう、お忘れくださいませ」

指先で冴紗の頬をかるく弾き、照れくさそうな笑みを浮かべる。

「それと、おまえが俺の腕を城壁だと言うてくれたこと、結界だと言うてくれたこと、……あれほど嬉しい言葉はないと思うた」

「……お忘れくださいませと、申し上げておりますのに……。恥ずかしゅうございます。あの際は興奮いたしておりましたので、言葉づかいもひどいもので……」

触れるだけのかるいくちづけ。

「よい。俺は、おまえの願いを叶えるだけの力があることを誇らしく思うておる。王になりたいと思うたことはなかったが、……いまはちがう。修才邏の王であってよかったと思う。おまえの願いを叶えられるのだからな」

せつないくらいの眼差しでそのようなことをおっしゃるので、どう返したらよいか迷い、けっきょく冴紗はそっと羅剛王の手を取った。

「御身《おんみ》の、このお手は、冴紗にとっては神の御手《みて》でございます」

「なぜだ？　理由を言うてみい」

「わたしを守ってくださいます。それだけではなく、夢でしかなかったことを叶えて、成し遂げてくださいます」

王のおもてには、照れくさそうな苦笑が浮かんだ。

「俺は神になりたいのではないぞ？　俺がなりたいのは、――ただ、おまえの望む夫、おまえに愛される男、それだけだ」

「ならば、もうお成りでございます」

「……そうか？」

「お信じくださいませぬか？」

「信じたいと思うがな」

言葉遊びのごとき掛け合いが楽しい。王とこうしていると、いまの幸せが身に沁みる。

なので冴紗は、言った。

「お信じくださいませぬなら、……わたしは、少々怒りまするが？」

あんのじょう、王は呵々大笑を始めてくださった。

「その冗句《じょうく》、俺はたいそう気に入ったぞ？　おまえがそのようなことを言うてくれる日が来ようとはのう」

王の笑顔。王のくちづけ。

腕に抱き締めていただいて、たわいもないことで笑い合う。

なんと穏やかで、幸せなことか。

「……愛しております。羅剛さま」

瞬時瞠目し、王はわざとらしく苦虫を噛み潰したような顔を作られた。

「ふいに言うな。驚くではないか」

「羅剛さまとて、ふいにおっしゃいましょうに？」

「俺は、ふいではない。いつも思うておるゆえ、つい口からこぼれてしまうだけだ」

「ならば、冴紗もおなじでございます。いつも思うておりまするゆえ、つい口からこぼれてしまいました」

言い終えたとたん、ふたり同時に吹き出していた。

「ほんに、愛らしいのう、冴紗」

いとしいお方の楽しげな朗笑は、たいそう心地よく、冴紗の心をたいそうあたたかくしてくれた。

「愛しておりまする。我が背の君、羅剛さま」

冴紗はいま一度愛の言葉を繰り返し、王にほほえんでみせた。

王も今度は苦虫の顔を作らず、蕩《とろ》けるような笑みを返してくださった。

娼館に持ち込まれた厄介事

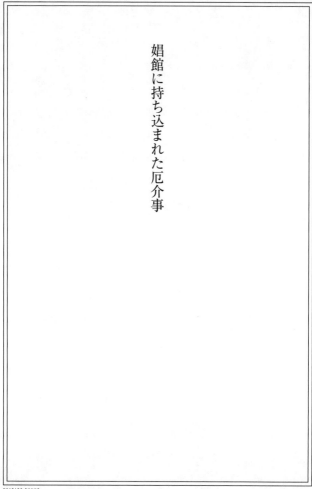

I　突然の来訪者

扉のほうから、どん、という音が聞こえた。

外は凄《すさ》まじい吹雪《ふぶき》だ。風で小石でも飛ばされてきたのかもしれない。

客などまったく来ないため、娼婦《しょうふ》四人は暖炉前に集まり、もう何時間も手札《てふだ》遊びで時間を潰していた。

「なんだかうるさいねぇ」

藍花《あいか》が眉を顰《ひそ》めて言うので、雪花《せっか》は窘《たしな》めた。

「扉に石でもぶつかってんだろ？　いちいち苛立《いらだ》ってもしょうがないさ。吹雪なんだから」

そう言っているそばから、どん、どん、と立てつづけに音が鳴る。

娼婦たちは顔を見合わせ、店でいちばん若い星花《せいか》をせっついた。

「まさかとは思うけど、客かもしんないから、あんた、ちょいと見といで」

「ええ～？　…ねえさんたち、人づかい荒いよ～」

不承不承といったふうに星花は手札を卓に置き、立ち上がった。

「はいはい、客だかどうだかわかんねぇけど。いらっしゃい、いま開けますよ、っと」

おざなりの挨拶で星花が扉を開けたとたん、奥までぶわっと、凍えるような風が吹きこんできた。

吹雪の音に抗《あらが》うように、男の叫ぶ声が響く。

「おい、おまえら、行き倒れだ！　出てきて手伝ってくれ！」

雪花を始め、暖炉前でたむろしていた娼婦たちは、あわてて立ち上がった。

「行き倒れだって？」

「こんな日に出歩くからだよ！　ったく、馬鹿だねぇ」

入ってきたのは顔なじみの行商人だった。肩に獣のようなものを担いでいる。

藍花が厭《いや》そうに咎《とが》めた。

「ああ？　なんだよ？　行き倒れって、獣の話かい？」

霧花《きりか》も眉を顰める。

「そんな薄汚いもの、持ち込まないどくれよ。店が汚れちまうじゃないか」

「獣じゃない。人だ」

言われて見ると、本当に人だった。全身を覆う毛皮の服を着ていたため、獣に見えたようだ。頭巾から覗《のぞ》く髪も顔も、真っ白く凍りついている。若い男だった。

商人はどさりと男を床に下ろし、大きく息を吐いた。

「近くにもうひとり倒れてたんだがな、そっちはたぶん、駄目だ」

「駄目って、……死んでたのかい？」

「ああ。いつから倒れてたんだか知らねぇが、声かけても、揺すっても、身動きひとつしなかったからな。とっくに凍え死んでたんだろうな」

全員がため息をつく。雪花たちのいる娼館《しょうかん》は修才邏《いざいら》の北方にあるが、それでも凍死する人間の話など聞いたことがない。冬場は、みなきちんと防寒して外出するからだ。

「それで、この汚い男は、まだ息があるんだね？」

雪花が顔を覗き込んで見ると、男の顔は蠟《ろう》のように青ざめている。

「息があるっていっても、こいつ、死にかけてんだろ？　ずいぶん面倒なもん、持ち込んでくれたねぇ」

「かといって、道端に放り出しておくわけにもいかないだろうが」

「まぁ、そりゃそうだけどさ。――ほら、あんた！　しっかりしな。助かったんだよ？」

いちおう店では最年長なので、雪花が代表して声をかけてやる。それでも男は呻《うめ》き声ひとつ上げない。この男の命も消える寸前なのかもしれない。

呆《あき》れたように肩をすくめ、藍花が言った。

「ほんとに馬鹿だねぇ。こんな大吹雪の日に歩きまわるなんてさ。可哀相《かわいそう》だとは思うけど」

「どこに倒れてたのさ？」

星花の問いに、商人は自身の肩に降り積もった雪を払いつつ答えた。

「街道沿いだよ。おれの荷車が通りかからなかったら、こいつも雪に埋もれてただろうよ」

「じゃあこいつ、ずっと街道を歩いてたのかねぇ」

「そうだろうな。この服装から見ると、修才邏の人間じゃないようだが、商人にも見えないしな、…旅をするにしても、時期を選ばないと、こういう目に遭うのさ」

男は、二十八の雪花とそう変わらない歳《とし》に見えた。

「――まあ、とにかく、少しあっためてやんないとな。まだ生きてるっていうんならね」

全員がおっかなびっくりといった体《てい》で、転がった男に近づく。

「う、わ、きったねぇ！」

「手ぇ、汚れちまうよ。さわりたくねぇな」

と、ぶつくさ言いながらも、それぞれが男の衣服の端を掴《つか》み、ずるずる暖炉の前まで引《ひ》き摺《ず》っていく。

そのまましばらく様子を見ていたのだが、問題はそれからだった。

暖炉の熱で氷が解け始めると、なにやら不快な臭いまで漂ってきたのだ。

わざとらしく鼻をつまみ、星花が悲鳴を上げる。

「やだよう。この男、臭《くせ》ぇよ！」

つられて、藍花も霧花も鼻をつまむ。

「ほんとだよ。こいつ、いったい、何か月湯に入ってないんだ？　これじゃあ、野の獣のほうが、まだましなくらいだよ」

「そうはいっても、このままにしとくわけにもいかないよ」

顔を顰《しか》めつつも、雪花は手を伸ばし、男の服を剝《は》ぎ取り始めた。

水気を含んで重い毛皮を、一枚、もう一枚と脱がしていき、靴を脱がせ、そこで絶句してしまった。

……足が……！

赤黒く腫《は》れ上がっていた。壊疽《えそ》を起こしているのだ。右足の足首から先は炭化したように黒くなっている。これでは、たぶんもう使い物にならない。

さすがに藍花が叫んだ。

「こりゃ、まずいよ！　薬師《くすし》さま、呼んでこよう！」

「だな。あたしらじゃあ、どうしようもない。ほんとに死んじまう」

いっしょにしゃがみ込んで男を見ていた商人が、驚いた様子で尋ねてきた。

「薬師って、…このあたりにいるのか？　ひさしぶりに通ったら、ずいぶんと店が増えて、活気づいてるようで、びっくりしたんだが」

やんちゃな性質の星花が、鼻高々で答えた。

「そうだよ！　褒めとくれよ。ぜーんぶ、あたいらのおかげさ！　じつは、あたいら去年、王妃さまをお助けしたんだよ！　大活躍したんだ！」

「なんだって？」

調子に乗って、藍花も自慢話に加わる。

「それで、王さまからご褒美をいただいたんだよ。拓《ひら》けてきたのは、あたしらが金出して、いろいろやったからだよ。このあたりの連中が楽に暮らせるように、薬師さまとか、いろんな商売人を呼び寄せたのさ。なんせ、王さま、天井につくくらいお宝くれたから、金なら有り余るほどあるのさ」

商人は目を丸くしている。

「王さまって……修才邏王が……？　お妃《きさき》さまっていうと……虹の御子《みこ》の、冴紗《さしゃ》さまだろう…？　おまえらが助けたって？　ただの娼婦の、おまえらが？」

信じられないという顔をしているから、それには雪花が答えた。

「そうだよ。ただの娼婦だけどもさ、ほんとに助けたのさ。その金でいろいろやってね、…年寄りだったばばさまとか、もう働きたくないって子には、暇を取らせて、いまじゃ、あたしがこの娼館の主《あるじ》なのさ。――と、まあ、そういう詳しい武勇伝を聞きたきゃあ、今夜お泊まりよ。こんな吹雪じゃあ、ほかに客も来ないだろうからね。安くしとくよ？」

薬師を呼びに行った藍花は、ほどなくして戻ってきた。

連れてこられた薬師は、男の様子を見るなり顔を曇らせた。

「……おいおい。こりゃあひどいな。野宿でもして、ずっと雪道を歩いてきたんだろうな。そうじゃなきゃ、ここまで悪化しないよ。膝下近くまで壊疽を起こしてるからな」

「野宿で、歩いてきたって？　辻《つじ》の走竜車《そうりゅう》でも使えばよかったのにさぁ。真冬の藍月《らんげつ》なんかに、なんで旅なんかしたのかねぇ」

「この恰好《かっこう》から見るに、他国の者で、修才邏のことをよく知らなかったんだろうな。それか、よほどの貧乏旅だったたか」

薬師はさらに男を調べて、重い口調で告げた。

「駄目だ。右足は切るしかないな」

雪花は、ぎょっとした。

「切るって、薬師さまんとこ、連れてってかい？」

「いや場所を移したら、助からんよ。いま生きてるのも奇跡みたいなもんだ。ここで切るしかないよ。念のため、道具一式持ってきてよかった」

ひぇ～っというような頓狂《とんきょう》な悲鳴を上げて、星花が飛び退《すさ》る。

「やめとくれよう～。うちらの店で、そんな怖いことすんのかよう～」

雪花は、星花の背を叩《たた》いてやった。

「うるさいね。あきらめな。ここで死なれるよりゃあいいだろ？　――で、あたしらはどうすればいいんだい、薬師さま？」

「とにかく、湯を沸かして持ってきてくれ。あとは、清潔な布があれば、頼む。戻って取ってくる時間が惜しいからな」

それからのち、足の切断場面は、いくら肝の据わっている雪花たちといえども、見ていることができなかった。

男が呻き声ひとつ上げなかったのだけが救いだが、ぎこぎこと骨を切る音の恐ろしさ、漂ってくる血の臭いで、吐き気を堪《こら》えるのが精いっぱいだった。

みなが部屋の隅に固まり、耳を押さえ、目を瞑《つぶ》って、時間を耐えた。

しばらくして、薬師が手を拭きつつ声をかけてきた。

「済んだよ。――ひととおりの処置はした。今日、明日あたりが峠《とうげ》だろう」

「……あ、ああ。お疲れさん。すまなかったね。お代はどれくらいだい？」

言った代金に色をつけて渡すと、道具を薬箱に入れながら薬師は訊《き》いてきた。

「ところで、この男の家族には連絡はとれないのかい？」

「無理だよ。どこの国の、だれかもわかんないのに」

雪花は、そこで気づいた。

……そうか。だったら、これからはあたしらが面倒みなきゃいけないし、薬師さまのお代なんかも、ずっとあたしらが払わなきゃいけないってことだね。

仲間も同じことを思ったようだ。

王さまからいただいた金がまだたっぷりあるからいいようなものの、ほんとうに面倒なものを持ち込んでくれたものだと、目くばせして苦笑し合った。

それから毎日傷を清め、布を巻き直し、下の世話までしてやらなければならなかったが、それはみなが順番で行った。

汚れ仕事に関しては、慣れたものだ。だれも文句ひとつ言わなかった。

ただ、男はいつまでも目覚めなかった。

翌日も、その翌日も、一週間、一か月近く経《た》っても、だ。

しかしある日、それは唐突に訪れたのだ。

「…………おれ、は……いったい、どこに、いるんだ……?」

聞き慣れない男の声がしたため、驚いて寝台まで駆け寄った。

見ると、男がうっすらと目を開けていた。

雪花は、あわてて男に声をかけた。

「気づいたのかいっ？　ここは…」

村の名前を言うと、男は瞠目《どうもく》して尋ねてきた。

「そんな村の名は聞いたことがない。ならばここは、花爛《からん》帝国ではないんだな?」

「からんていこく〜？　なんだいそりゃあ、どこの国だよ？　あたしら、学がないから、よくわからないけどさ。ここは修才邏だよ」

「いざ、いら…？　神の御子がいらっしゃるという国かっ？」

男は興奮して、半身起き上がろうと踠《もが》いている。

雪花はその胸を上から押さえつけて、もう一度寝かせようとした。

「馬鹿！　急に動くんじゃないよ！　あんた、もうひと月も意識がなかったんだよっ？」

「……ひと月……？　そんなに……？」

「それに、言いにくいけどもね、あんたの右足、膝下で切っちまったんだよ。…ああ、怒らないでおくれよ？　そうしなきゃ助かんなかったんだからね？　凍傷で駄目んなってたんだよ」

男の目は、自分の足先のほうに向かったが、すぐに視線を雪花に戻した。

「足は、いい。一本二本失っても、命があるだけありがたい。——すぐに出立する。おれは、行かなければいけないんだ！　仲間が先に行っているはずだ！　追いかけなければ！」

商人の話を思い出した。

……仲間って、死んじまった人のことじゃないかい……？

治癒しかけの怪我人《けがにん》には言いにくい話なので、どう告げればいいのかと悩んでいると、雪花の曇り顔を見て、男は苦しげに問いを吐いた。

「すまんが、おれのほかに人はいなかったか？　この地に上陸したとき、四人は残っていたはずなんだ」

「四人、って……ひとりだけなら知ってるけども……」

言葉を濁すしかなかった。真実はあまりに残酷すぎる。

男は感情の籠もらない声で訊いてきた。

「死んだのか」

自棄《やけ》になって、雪花は答えた。

「わかってんなら、……ああ、そうだよ。あんたのそばで、倒れてたらしいけど、もう息はなかったたってさ。……とにかく、諦めな。もう一か月以上前の話だよ。あんただって、命があるだけありがたい状態だろ？　あんたのお仲間は、春になったら、村の男衆に頼んで掘り返してもらうよ。それで勘弁しとくれ」

「おれのほか、三人全員か？」

「え？　…いや、ひとりだけって話だったけど？　ほかにもいたのかい？　わかんないな。残りは雪に埋もれてたのかもしれないし」

苦渋の表情で、いさり、ういが、ひしる……と、なにやら人名のようなものをつぶやいて、男はふたたび身を起こそうとした。

雪花は必死に男の胸を押さえた。

「だから！　あんた、なにやってんだよ！　動くなって言ってんだろ！　馬鹿なのかよっ？　せっかくあたしらが、薬師さまに金まで払って、面倒みてやったのに、こんなとこで無駄死にすんじゃないよ！」

声を聞きつけたようで、ほかの娼婦たちも駆けてきた。

「雪花ねえさん！　そいつ、目覚めたのかいっ？」

覆い被《かぶ》さるようにして男を押さえつけながら、雪花は寝台の背後に向かって答えた。

「ああ、目覚めたんだよ！　だけどこいつ、じたばたしやがるんだっ。みんな来て、押さえつけとくれ！傷が開いちまう！」

「なんだって？　なにやってんだよ！」

「片足、切ってんだよっ？　動けるわけないだろっ？」

男は、いままで臥《ふ》せっていたとは思えないほど強い力で雪花たちをはねのけようとする。

三人がかりでも押さえきれない。そして、切羽詰まった様子で叫んだ。

「すまない！　助けてくれたことには感謝する！　だが、おれは行かなければいけないんだ！　そのために、命を懸けて凍る海を渡ってきたんだ。おれひとりだけでも行く！　死んだ仲間のためにも、なんとしてでも、神の御子にお会いしなければ！」

雪花は聞きとがめて、訊いた。

「え？　神の御子、って……あんた、あの子に会いに来たっていうのかい？」

男の抗いが止まった。

「……あの、子？」

「ああ。神の御子って、虹霓教《こうげいきょう》の聖虹使《せいこうし》さまのことだろ？」

「そうだ。虹を崇《あが》める教えの、生き神さまのようなお方がいると、風の噂《うわさ》で聞いたんだ。それでは、――この国には本当に、そういうお方がいらっしゃるんだなっ？」

「ああ。いる、っちゃあ、いるよ」

男は心から安堵《あんど》したようだった。

「…………そうか。よかった。おれたちはそのお方に救いを求めに来たんだ」

やはり暴れまわるほど体力は回復していなかったらしい。それだけ言うと、男はおとなしく寝台に倒れた。

「なぁ、どうするよ？」

雪花たちは顔を見合わせた。どの顔にも困惑の色が浮かんでいる。

ふたたび意識を失ってしまった様子の男から離れ、みなで顔を突き合わせ、こそこそと相談した。

「どうもわけありのようだけど」

「あの子に、なんか頼み事でもあるのかねぇ？」

「さすがに哀れだよ。あんなになっても、仲間のこと思ってさ」

「でも、あの男ひとりで、麗煌山《りこうざん》まで行けるわけないだろ？　せっかくあたしらが助けたってのによぅ、勝手におっ死なれたら寝ざめが悪いよ」

みな、思いはおなじらしかった。

雪花は、大きく息を吐いて言った。

「——だったら、あたしが大神殿まで連れてくよ。あの男、修才邏の金子《きんす》も持ってないみたいだし、…ほっとくわけにはいかないだろ？」

うんうん、とみなが同意した。

「そうだな。乗りかかった舟だもんな」

「ああ。ほんとに、乗りかかった舟ってやつだよ。めんどくさいけどさ」

仲間たちは、手を合わせて雪花を拝んだ。

「頼むよ、雪花ねえさん。店は、あたしらでなんとか回しとくからさ」

「あいつ、助けてやっとくれ」

雪花は、胸を叩いて断言した。

「任せときな。あたしが、しっかりあの子のとこまで連れてってやるよ」

幸い藍月だ。客は少ない。若い子たちだけでも、店はやっていけるだろう。

Ⅱ　冴紗との再会

目覚めた男に、大神殿まで連れていってやると伝えると、男は涙を流して喜んだ。

「本当か？　――命を助けてもらった上、そこまでしてもらうのは心苦しいが、本当に助かる。かかった費用は、なんとしてでも払うから」

「金？　いいよ、そんなのは。自慢じゃないけど、あたしら、こう見えて大金持ちなんだからさ」

「……え？」

「信じてないだろ？　でも、嘘《うそ》じゃないのさ。…ああ、娼館なんかにいる女の言葉なんか信じられないだろうけどね、あたしらは、好きでこの商売つづけてるのさ」

そこにきて初めて、男はいまいる場所がどこか気づいたらしい。

一瞬、当惑したように視線がさまよった。

それを笑い飛ばすように、仲間たちも明るい口調で雪花《せっか》に同意した。

「ねえさんの言うとおりさ！　いまさらほかの商売やるのも面倒だしさ、もうあたしら、姉妹みたいなもんだから、ここが居心地いいんだよ」

「気ままだしね、性に合ってんのさ、この生活が」

男は納得したように深くうなずいた。

「──そうか。ならば、御子に会える場所まで、同行を頼む。──言い遅れたが、おれの名は冀津《きづ》勇《さ》というのだ。海を越えた花爛《からん》帝国からやってきた者だ」

そう言って、深々と頭を下げたのだ。

……へえ。よく見るとこいつ、いい男じゃないか。娼館だってばらしても、態度を変えないしさ。

言葉づかいからしても、国ではそこそこよい育ちだったのだろう。

「へぇ、そうかい。あたしは、雪花だよ。うちの店では、みんな花の名をつけるのさ。源氏名ってやつだよ」

「なら、もとの名もあるのか？」

雪花は首を振った。

「さぁね。あるのかもしれないし、ないのかもしれないね。みんな、子供のころに、娼館の前に捨てられてたからね。…ま、いまさらどうでもいい話さ」

どんな生まれであれ、自分たちは、自分の力だけで生きてきた。

だから雪花は娼婦であることを恥じてはいなかった。

……あの子も、言ってくれたからね。

ひとりだけではなく、たくさんの男性を喜ばせることができるなら、そうとうな技術ときめ細やかさがあるはずだ。心より尊敬している、と。

口ごもりながらも懸命に褒めてくれた。あの姿を思い出すたびに胸が熱くなる。

あの子は嘘をつかない。だから、自分たちは、自分たちの商売を恥じる必要はない。

翌朝。衣服を整えてやり、杖《つえ》も用意してやった。

薬師からは痛み止めの薬を貰《もら》っていたが、そんなものではたいした効き目はなかったようだ。ほんの少し動いただけで、冀津勇は苦しそうな呻きを洩《も》らした。

さすがに心配になった。

「あんた、そんな状態で、ほんとに大神殿まで行けるのかい？　無理しないほうがいいんじゃないかい？」

なのに冀津勇は、杖にすがりつくようにして、一歩、一歩、前へ進もうとする。

「……ありがとう。……大丈夫だ。おれが行かなければ、国が滅びる。おれはどうしても、神の御子に会わなければいけないんだ」

脂汗を流しながら返す冀津勇を見て、それ以上は言えなくなった。

辻の走竜《そうりゅう》車を捕まえ、ふたりして乗り込む。

走竜の牽《ひ》く箱のなかで、冀津勇は必死に痛みを堪えているようだった。

雪花は感心して、思った。

……ほんとに我慢強い男だねぇ。揺れるたびに激痛が走るんだろうに、泣き言ひとつ洩らさないじゃないか。

花爛帝国といったっけ？

どこの国かは知らないけど、国が滅びるってどういうことなんだろう？

それに、あの子のことを妙に崇めているようだけど、本当のあの子は、危なっかしい、ただの子供なのに。いったい、なにをさせようっていうのかねぇ……。

そんなことをつらつらと考えつつ、十刻ほど揺られたころだろうか。

なぜか急に、あたりが騒がしくなったのだ。

「え？　え？　なんだい？　どうかしたのかい？」

小窓の覆いを開け、外を見てみる。

街道を行く者たちが一様に空を見上げ、手を合わせている。

雪花は御者窓《ぎょしゃまど》を開け、声をかけた。

「ちょいと、御者さん、止めとくれ。みんなが上を見て拝んでるから、――もしかして、竜騎士さまが飛んでるんじゃないかい？」

御者は手綱を引き、竜車を停《と》めてから、振り向いて言った。

「いや。王さまとお妃さまでさあ。二竜飛んでますからね」

「なんだってっ？」

走竜車の扉を開け、雪花はあわてて飛び出した。

上空を見上げると、たしかに二頭の飛竜が行き過ぎるところだった。

前の飛竜には、黒衣と虹衣のふたり、つづく無人の飛竜の背には、虹色の鐙《あぶみ》が見えた。

雪花は、自分の頭を拳で叩いてしまった。

「ありゃまあ、ほんとだよ！　……そういや、今日はあの子が王宮に戻る日だったね。失敗したよ、あたしとしたことが、すっかり忘れてた！」

言っているあいだに、二頭の飛竜は彼方《かなた》へと羽ばたき去ってしまう。

冀津勇が怪訝《けげん》そうに、小窓から顔を出した。

「どうした？　なにか不都合でもあったのか？」

困ってしまったが、雪花は素直に謝った。

「……ん、…とさ。あんたが急いでいるみたいだから、日にちもたしかめずに、出立しちまったけどさ。じつはあの子、二日おきに王宮に戻るのさ。だから、これから行っても、大神殿にはいないんだよ。…悪かったね。気づかなくて。修才邏《いざいら》のもんなら、だれでも知ってることなのにさ」

冀津勇は可哀相なくらい落胆の色を浮かべた。

「……では、行っても無駄なのか……？」

「無駄っていうか、二日経ったら戻ってきて、また大神殿で『聖虹使《せいこうし》さま』のお勤めをするはずだけどさ。今日のとこは、無理だね。あの子、大神殿では『聖虹使さま』なんだけどさ、じつは、この国の『王妃さま』でもあるのさ。そっちのお役目のときは、近寄ることもできなくてさ。……ほんと、悪かったよ。あんた、大怪我してんのに、無駄足踏ませちまってさ」

冀津勇《きづさ》は力なく手を振った。

「いや。謝らないでくれ。かえって申し訳ない。こちらの都合ばかりで振り回して、あなたには、…あなたたちには、本心から感謝しているのだから」

冀津勇は話を変えるように、上空を指差した。

「しかし、あれは、なんなのだ？　歩いている最中にも、幾度か見た。…人を乗せて飛べる獣など、花爛帝国にはいなかった」

「いるわきゃないよ。飛竜は、修才邏の誇る聖獣だからね。国で大事に保護してるのさ。だからこそ、あの子も必死になって竜卵を守ったんだからね」

今日行っても無駄だと知り、冀津勇はそうとう気落ちしたようだ。

自虐的にも聞こえる言い方でつぶやいた。

「………おれは、こんな国があるとは知らなかった。こんなふうに、発展していて、人々が潤っていて、おだやかで……我が国とは、あまりにちがいすぎる。花欄帝国などと名乗っていても、我が国など、この国に比べたら未開の小国だった……」

あまりに落ち込んでいるので、つい言い返してしまった。

「やめな！　卑屈な言い方するんじゃないよ！　未開だろうがなんだろうが、あんたは自分の国を愛してるんだろ？　あんたも、あんたのお仲間も、命を懸けて、自分の国を守ろうとしてるんだろっ？　――だったら、自分たちを誇りな！　あんたはまちがってないよ。偉いよ！」

冀津勇は涙を堪えるように、唇を噛み締めている。

その様子を見て、つらくなった。

……なんとかしてやれないかねぇ。あと二日待てなんて、可哀相すぎるよ。

いま動いているのだって、やっとだろうに。

どういう事情かは知らないけど、何人もの男が、命を懸けて、あの子に救いを求めに来たっていうのに。

そこで雪花は膝を打った。

「そうだ！　王宮に戻ったあの子にも、連絡の取りようはあったよ！　王さまが教えてくださったんだ」

すぐさま御者に告げた。

「御者さん！　ちょいと訊くけど、このあたりで、中神殿っていうの？　そこそこの大きさがある神殿、ないかい？」

御者は首をかしげて考えていたが、

「あ！　ありますね！　羅剛《らごう》王が、新たに建てられた神殿が、…そうですね、けっこう戻りますけど、かまいませんかね？」

「かまわないよ。どうせ大神殿に向かっても無駄なんだから、いまからそこに連れてっとくれ」

胸に希望が湧いてきた。

……たしか、小竜とかいう伝書竜を、中神殿には常備させるって、王さま言ってたからな。なにかあったら、飛ばせ。王宮に戻るように訓練してある、って。

それを使わせてもらえばいいんだ。

あの子だけじゃない。あの子が惚《ほ》れている王さまだって、ぜったい嘘なんかつくわけがないんだから、あの話は真実のはずだ。

雪花は気合いを入れて冀津勇を励ました。

「あんた、傷は痛いだろうけどね、もうちょっと辛抱すんだよ？　あたしがぜったい、あの子に会わせてやるから！」

冀津勇は眉を下げて訊き返してくる。

「……いや、そんな無理を通せるものなのか……？　相手は、王と王妃なんだろう？　そんな偉い方々が、おれのような他国の者のために動いてくださるのか……？」

「なに言ってんだよ。お偉いあの子に、飛び込みで頼み事しようって、意気込んで来たくせに、いまさらだろ？　他国の者だろうがなんだろうが、あの子も、王さまも、あんたみたいなの見捨てたら、そっちを怒るに決まってるよ。そういう人たちなんだから。——とにかく、あたしを信じな。やれるだけのことはするよ？」


道を引き返すような恰好で、また一刻ほど走ったあと、走竜車が停まったのは、かなり大きな建物の前だった。

「着きましたよ。ここです、お客さん」

言われて降りると、日はとっぷりと暮れていた。雪は降っていなかったが、肺まで凍りつくような寒さだった。

建物には、鮮やかな虹旗が掲げられていた。

胸が躍った。まちがいない。神殿だ。

「まずは、あたしが話をつけてくるから。あんたはあとから、ゆっくり来な！」

雪花は勇んで竜車から飛び出した。

神殿の前まで行くと、大扉をどんどんと叩く。

「ちょいと！　開けとくれ！　急ぎの用なんだ！　頼むよ、開けとくれ！」

ほどなくして、訝《いぶか》しげな顔で神官が扉を開けた。

「どなたです？　信者の方ですか？　今宵《こよい》は集会はない日ですよ？」

「あたしは、雪花ってもんだよ。この国で信者じゃない人間なんかいるもんか。…ああ、そんなこたぁどうでもいいからさ、ここは、小竜《しょうりゅう》とかいう、伝書竜、飼ってるかい？　王さまから渡されてるかい？」

「……え、…ええ。お預かりさせていただいておりますが……？」

雪花は神官を突き飛ばす勢いでなかに入った。

「あ、あの！　勝手に入られては困ります！」

「困ってるのは、こっちだよ！」

神殿内は広く、綺麗《きれい》だった。さすがに中神殿だ。近所のちいさいのとはちがうよ、と感心しつつ、きょろきょろと見回す。

……あ、あそこ！　上からなんかぶらさがってるじゃないか！

大きな虹石が飾られている聖座の前、天井から、一立《りゅう》四方ほどの檻《おり》が吊《つ》り下げられていた。そのなかには、竜らしき動物が飼われていた。

急いで駆け寄って見る。

大振りの鳥ほどの大きさだ。『竜』と名がついていても、厳密に言えば『飛竜』とも『走竜』ともちがう種らしいが、小竜は比較的繁殖がしやすいという話だった。数も、伝書用に使用できるくらいいるらしい。

それでも、雪花のような庶民は生まれて初めて見る高貴な生き物なのだが、――怖がっている暇はない。つかつかと檻に歩み寄り、開けようとした。

そこで、追いかけてきた神官に咎められた。

「ちょっと、あなた！　なにをするんですか？　それは、王さまからお預かりした大切な小竜ですよ？」

神官の声には怒りが混ざっていた。…当然だ。急に自分の管轄の信者でもない女が飛び込んできて、小竜の檻を開けようとしているのだから。

だが、引くわけにはいかなかった。

「わかってるよ！　でも、なにかあったら飛ばせって、王さまから言われてるだろ？　だから使わせてもらうんだよ。後生大事に飼っとくために、王さまは小竜を置いたんじゃないはずだよ？」

「ですが、飛ばしたことなんかありません。どこかに飛び去って、戻ってこなかったらどうするんです？」

雪花は顔を顰めてやった。

「あんた、……王さまのしたことに難癖つける気かい？　王さまが、王宮に戻るように訓練してあるって言ったんだよ？　あの王さまが、嘘なんかつくわけないだろ？　信じてなかったのかい？」

「……それは……そうですが……」

「駄目だったとしても、お叱りは、あたしが受けるよ！　——とにかく、大事な用件なんだよ。いまから言うこと、手紙に書いとくれ。あたしは字が書けないんだよ！」

雪花の剣幕に押されるように、神官は渋々ではあったが手紙を書き、小竜の首に書簡筒を取りつけてくれた。

空に放した小竜は、肌を刺すような冷たい空気の夜空を、一直線に王宮方面に向かって飛んでいく。

しばらくその姿を見送ったが、冀津勇をいつまでも立たせておくわけにもいかない。

「とにかく、この人、足切ったばっかだからさ。神殿内で休ませておくれ」

神官は仏頂面ではあったが、なかに招き入れ、温かい茶を出してくれた。

いちおうは、謝る。

「すまないね。…悪かったよ、神官さん。でも、ぜったい悪いようにはならないって、保証するからさ」

そうはいっても、じつは雪花も自信はなかったのだ。

あの小竜という動物が、どれほどの速さで飛べるのか。王宮まで無事にたどり着いても、王さまとあの子が、すぐ手紙を見てくれるのか。そして、すぐこちらに向けて出立してくれるのか。王宮から、この中神殿まではどれくらいの距離があるのか。

……勢いに任せてやっちまったけど、今夜じゅうはたぶん無理だよねぇ。

それでも、冀津勇の苦しむさまを見たら、黙ってはいられなかったのだ。せめてなにかの力になってやりたかった。

夜は刻々と更けていく。

雪花と冀津勇、神官は、語るべきこともなく、無言で椅子に座っていたのだが、――それから三刻も経たないうちだった。

大風が吹くような音が聞こえ始めたのだ。

何度か飛竜を間近で見ている雪花には、なんの音かすぐにわかった。立ち上がって声を張り上げる。

「ほら！　聞きな！　あれは飛竜の羽ばたきの音だよ！　連絡が届いて、王さまとあの子が来てくれたんだよ！」

ばさっ、ばさっと規則正しい音。やがてそれは、静まる。

神官は信じられないという顔で雪花を見たが、雪花は得意満面で扉を開けに走った。

開けたすぐ外に、――あの子は、いた。

極寒の夜を飛んで来たせいか、頬を真っ赤に紅潮させて言った。

「雪花さま！　お久しぶりでございます！」

呼びつけたくせに、雪花は声も出なかった。

たしかに、一度姿は見ている。だが、あのときは薄汚れた格好をしていた。被り物もしていたので、近くでは顔も見ていなかった。

しかしいまは、顔を覆っていない。地まで届きそうな虹の髪を下ろし、煌《きら》びやかな虹服に、光り輝く虹石の額飾り、首飾り、手首飾り、――息を呑《の》むほど美しかった。

外は地の雪でほんのりと明るいだけだったが、冴紗のまわりだけは輝くばかりだった。

まるで本人が発光しているかのように。

その様子を上から下まで眺め、ようやく言葉が出た。

「…………あんた、……被りもんなしで見ると、ほんとに綺麗だねぇ」

冴紗は、嬉《うれ》しそう、…というよりは、悲しげにほほえんだ。

ふいに胸が痛くなった。

……そっか。この子は、いつもいつも外見ばっかり褒められてきたんだろうねぇ。

この子の一番偉いのは、その根性なのに。無鉄砲なくらいまっすぐで、頑張り屋で、国のために命懸けで尽くそうとする。そういうところを、だれも褒めてはくれないのだろう。

贅沢《ぜいたく》すぎる悩みだとは思うが、美しさだけを賛美されるのも、またつらいものだと思った。

だから、取り繕うように、雪花は言った。

「久しぶりだね。元気そうでよかったよ。——それで、急にこんなとこに呼びつけちまったのはさ、」

雪花は振り向き、背後を指差した。冀津勇は杖をつき、すぐうしろまで出てきていた。

「花爛帝国とかいう国から、あんたに会いたくて来たって人がいるんだよ。お仲間と来たらしいんだけど、吹雪で、はぐれちまったらしくてさ。ひどい凍傷で、死にかけてたのさ。それをうちで介抱してたんだ」

「花爛帝国の者だと？　宇為俄《うぃが》らの仲間か？　いまだ生き残りがおったのか」

冴紗のうしろからそう言いつつ現れたのは、羅剛王だった。

雪花は、あわてて冀津勇の頭を押さえ、下げさせた。

「馬鹿！　ほら、頭下げな！　修才邏の王さまと、お妃さまだよ。それで、虹色の髪の子が、あんたが会いたがってた神の御子《みこ》さまだ」

「…………このお方が……」

言葉もない様子の冀津勇を見て、雪花は安堵の息を吐いた。

……よかったよ。あたしのやったことは無駄じゃなかったんだね。

冀津勇と冴紗を会わせてやれた。無謀なことをしたが、その甲斐《かい》はあった。

浮かれついでに、振り返り、神官に皮肉を言ってやった。

「ほ〜ら、神官さん？　言ったろ？　うちらの国の王さまとお妃さまは、国の民になにかあったら、こうやってすぐに駆けつけてくれるんだよ！　ただ地位にふんぞりかえってる人間じゃあないんだよ。見くびるんじゃないよ！」

神官は、王たちに会うのは初めてだったらしい。感動のあまりか、声が震えている。

「……お、畏れ多いことでございます。羅剛王陛下、冴紗妃殿下。…ど、どうぞ、なかにお入りください」


入るなり、王が口火を切った。

「端的に言うが、――おまえの仲間、偉早悧《いさり》と宇為俄と名乗る者は、ひと月ほど前、大神殿にやってきた。花爛帝国を救ってくれと嘆願しにな」

「ひと月前に……？」

「ああ。もう、それくらい経つ」

冀津勇の動揺を察し、雪花は言い訳をした。

「だけど、この人を責めないでやっとくれ。…ほら、見とくれよ。こんな身体《からだ》になっても、必死でお役目を果たそうとしたんだよ？　足だって、凍傷で片足切ってるんだ。ひと月も意識が戻らなくて、…でも、目覚めてすぐに大神殿に向かうって言って、聞かなくてさぁ」

王は深くうなずいた。

「責めるわけがなかろう。俺も、冴紗も、そしてこいつの国の者たちも、褒め讃《たた》えこそすれ、責めることなどひとつもないぞ」

冀津勇は身を乗り出して尋ねる。

「それでっ？　御子さまは、我が国に赴いてくださったのですかっ？」

王はまたうなずいた。

「ああ。案ずるな。俺と冴紗は、すぐ花爛帝国へと赴いた」

そのあとは冴紗がつづけてくれた。

「どうぞ、お心を安らかに。我が王の御稜威《みいつ》で、皇帝陛下は改心してくださいました。いま貴国は、我が修才邏の手助けもあり、正しき神の道を歩んでおられます」

かたん、と音がした。肩の力が抜けてしまったのか、冀津勇は持っていた杖を手放していた。言葉もない様子で虚空を見つめている。

「……では、……では、国の者たちは、……助かったのですね……」

「はい。炎石《えんせき》も、各村にしっかり配れるように手配いたしました。もう大丈夫でございますよ？　みなさま、温かくお過ごしでいらっしゃいます」

唐突に。獣が吠《ほ》えるような声を上げ、冀津勇は顔を覆って泣き始めた。

「……ありがとう、ございます。ありがとうございますっ。…ありがとうございます！」

王は鷹揚《おうよう》にうなずいた。

「よい。礼の言葉は、そなたの国の者らから存分に受け取った。よう頑張ったの」

「……はい。…ありがとうございますっ」

雪花も貰い泣きしそうだった。

照れ隠しに、ばしばしと冀津勇の背を叩きながら言った。

「よかったねぇ。…うん、ほんとによかったよ。これで、鼻高々で国に戻れるよ、あんた」

そこで、はっとしたように冀津勇は顔を上げた。

「生き残りは、偉早悧と宇為俄とおっしゃいましたか？」

「ああ。そう名乗っておった」

視線が宙に浮いた。その意味は、雪花にもわかった。

王は静かに言った。

「偉早悧と宇為俄から、話は聞いておる。おまえらは、国を出立した際は、十名おったそうだの？」

「……はい」

「我が国には、世に誇る飛竜がおる。その背に乗って、俺と妃は海を越えた。…凍る海であった。どこまでもどこまでも、凍っておった。あの海を、おまえらは小舟で越えてきたのだな。…国の者は、おまえらの働きを、みな褒め讃えておった。俺もまた、そう思う。

仲間を助けられなんだことを悔やんでおるのだろうが、おまえらを咎める者などおらぬ。——ほんに、ようやった。他国の王ではあるが、俺も褒誉《ほうよ》の言葉を与えよう。おまえが国に戻る際は、我が国の竜騎士団が送っていってやる。心安らかに帰国せい」

王の言葉にも、冀津勇は涙ながらに首を振る。

「……いいえ。申し訳ありませんが、どの面を下げて帰国できましょうか。みなが命を賭《と》して事を成し遂げたというのに、…自分だけが情けなく脱落して……」

冴紗が必死の面持ちで否定した。

「脱落ではございません。気高き犠牲でございます。亡くなった方々もそうです。みなさま、たいそうご立派な働きをなさいました。どうか、ご自身をお責めになりませぬように」

それでも冀津勇は首を振る。

「みな、…みな、貴族の、立派な家の子弟でした。……おれだけが低い育ちだった。おれが代わりに死ねばよかった。…華以桂《けいか》さままで失っておきながら、おめおめ帰国などできません。おれには待っている家族も、恋人もいないのに………なんで生き残ってしまったんだ。おれがみんなの代わりに死ねばよかった……」

王が低く尋ねる。

「華以桂という名は、おまえらの国の宮殿でも聞いた。首相の息子かなにかであろう?」

「……はい。……このたびの出立は、華以桂さまの立案での実行でした」

「そうか。貴国には、志《こころざし》の高い若者が多かったのだな」

あまりに落ち込んでいるので、雪花も黙ってはいられなくなった。冀津勇の背をばしばしと叩き、言ってやった。

「ほんと、面倒くさい男だね、あんたは！　王さまもこう言ってくれてるし、役目はあんたのお仲間が頑張って成し遂げたんだろ？　あんただって、頑張ったひとりなんだよ。鼻高々で国にお帰り」

冀津勇はうつむいて返事をしない。

いつまでも黙っているので、雪花はさらに言ってやった。

「帰りたくないっていうんなら、……だったら、うちの店の用心棒にでもなるかい？　あんた、いちおう男だしさ、その足が治ったら、すこしくらい仕事はできんだろ？　――とにかくあたしは、生きてるくせに、ぐずぐず泣き事言うやつは大嫌いなんだよ。泣いてる暇があったら、自分にできることをしな。死んだ仲間に申し訳ないっていうんなら、仲間を弔うなり、国のために尽くす策を考えるなり、あんたのできることをするんだよ。…わかったかい？」

王が、かるく吹き出した。

「男、その者の言うとおりだぞ？　ぐずぐず泣き事を言うな。その者と、その者の店の者たちは、心根の正しい人間たちだ。…しばらく厄介になって、気持ちを落ち着けろ。そして、帰国する覚悟が決まったなら、また連絡してこい。騎士団の飛竜を差し向けてやる」

雪花も、うんうんと同意した。

「そうだよ。王さまもこう言ってくれてんだし、まずは傷を治してから、どうするか考えな。――ほら、帰るよ？」

立ち上がり、冀津勇の背を叩いてやる。

「王さまたちにも、これ以上手間をかけさせられないしね。忙しいとこ、わざわざ来てくれたんだから」

冴紗がびっくりした様子で尋ねてきた。

「雪花さま、もうお戻りですか？」

この子は、こんな表情で人を見るんだな。こんなに可愛《かわい》らしく小首をかしげて、これじゃあ王さまが惚れちまうのも無理はないな、と雪花は笑い出しそうになってしまった。

「うん。帰るよ。来てくれてほんとに嬉しかったよ。あんたの顔を見れたのも、ほんとに嬉しかったよ」

「わたしもです。久方ぶりで雪花さまのお顔を拝せて、たいそう嬉しゅうございました」

冀津勇の背を叩き、ほら立ちな、と促す。

「あんた、これ以上、我儘《わがまま》言うんじゃないよ。とにかく、いったんうちの店に帰るよ？またしばらく、あたしらの店で過ごすことになるけど、いいね？」

冀津勇は申し訳なさそうにうなずいた。

「すまないが、…そうさせてもらえると、助かる」

「言っとくけど、あたしらは娼婦だし、あそこは娼館だからね？　いまさら厭だとか言うんじゃないよ？」

「……この国では、娼婦は蔑まれるのか？」

その問いには、冴紗がきっぱりと答えてくれた。

「いいえ。我が国は、虹霓《こうげい》教《きょう》の始まりの国。職業の貴賤《きせん》はございません。雪花さま方は、たいそうお心の広い、ご立派な方々でございます」

しみじみ言ってしまった。

「変わらないねぇ、あんたは。気ぃ弱そうなのに、こういうときは、きっぱり言い切ってくれるんだよね」

冴紗は恥ずかしそうに笑む。

その笑顔を見て、雪花は思う。

……ほんとにさ、ずっと変わらないでいておくれよ。

あんたと王さまは、修才邏のかけがえのない宝ものなんだから。

あんたたちほどすごい王さまとお妃さまは、修才邏始まって以来だと思うし、あたしらは、あんたたちをほんとに誇らしく思ってるんだから。

雪花は最後に、冴紗に向かって告げた。

「来てくれて、ありがとうね？　嬉しかったよ。また会えて、さ」

「……はい。わたしも……」

雪花が真面目に言ったせいか、冴紗はぽろぽろと虹色の涙をこぼし始めた。

「ああ、もう！　いつまで経っても泣き虫だねぇ、あんたは！」

思わず手を伸ばし、頭を撫でていた。

不遜すぎる行動だとは思ったが、前に王さまも言っていたではないか。普通に接してやってくれと。

この子は、自分より年下の、頑張り屋の男の子。

それでいい。それが真実の姿だ。

「あたしなんかが言うのもなんだけどさ。あんまり無理すんじゃないよ？　疲れたら、疲れたって、まわりの人に言うんだよ？　厭なことがあったら、それもちゃんと言うんだよ？　あんた、我慢強すぎるからね？」

「……はい。……はい」

「ほんとはあんた、偉いんだからね？　もっと高飛車にしてても、だれも怒らないんだよ？　そんなに腰低くしてなくていいんだからね？」

「ですが…」

言い返しそうだったので、きつく止めた。

「ああ、いい、いい。あんたが自分のことどう思ってるかは、わかってるから。でも、あたしらはそう思ってるからさ。それだけ覚えときな？　――あと、虹霓教の神殿、いっぱい造ってくれて、ありがとね。みんな、すごく喜んでるからね？」

それには、王さまが応えてくれた。

「いや。まだまだ過去の神殿の数にはほど遠いらしいからの」

「まあ、そうかもしんないけどさ。王さまも、ものすごく頑張ってくれてるの、みんなわかってっからさ。…この子もそうだけど、王さまも腰が低すぎるよ？　ほんと、こんなとこ呼びつけといて、なんだけどさ」

王さまは、照れくさそうに返してきた。

「いや。呼んでくれて嬉しいのは、こちらだ。おまえらに頼られている、信頼されているという証《あかし》であるからの」

それ以上語り合っていたら、ほんとに貰い泣きをしてしまいそうだったので、雪花はまたしても冀津勇の背を叩いた。

「ほら、帰るよ？　王さまとお妃さまに、ありがとうって言いな」

我に返ったように、冀津勇は深々と頭を下げた。

「そうでした。お礼の申し上げようもありませんが、ありがとうございました。お手数をおかけして、まことに申し訳ありませんでした」

双方、達者で暮らせ。またなにかあったら、いつでも呼べ。と言い置き、王さまは冴紗とともに飛竜に乗り、飛び立っていった。

冴紗は飛竜の背から、雪花に向かって手を振りつづけていた。

夜空に飛竜の姿が消え去るまで見送り、雪花と冀津勇、神官は、ほぼ同時に大きく息を吐いていた。

みんな、知らず気を張り詰めていたらしい。

「——あの方々が、この国の王と王妃なのか」

「そうだよ」

「王妃は、神の御子でもあるのだな?」

「うん。ふた役やってるのさ。あんなふうに見えて、すごいんだよ、あの子」

「信じられないな」

「うん。みんなそう思ってるよ。信じられないって。直接会った人間は、もっとそう思ってるよ」

しばらく黙り込んだあと、冀津勇は、おずおずと言った。

「……おれは、…やはり、もう少々この国に残りたい。あの方々の治める国の素晴らしさを、自分の目で見ておきたい。おれがいままで生きてきた世界の常識とは、あまりにちがうのだ。あの方々も、そして、この国も」

雪花は素直に同意した。

「気持ちはわかるさ。――でも、まぁ、そう思うなら、きっとあんた、一生出られないよ？　修才邏は、ほんとに最高の国だからね」

冀津勇は、感動が極まったような深い声でつぶやいた。

「…………そうだな。きっと、一生出られないだろうな」

そのあとにつづいた、この国は、女性も素晴らしいからな、という言葉は、聞かなかったふりをした。

……あたしだって、いちいち本気にはしないさ。男の甘い言葉なんて、商売柄、聞き飽きるほど聞いてるからね。

それでも、頰が熱くなっている気がして、雪花は自分の反応をすこしばかり笑った。

想いを胸に秘めて

I　出獄後のありさま

庭園を散歩しつつ、伊諒《いりょう》は花壇に目をやった。

色とりどりの花々が美を競うように咲き誇っている。

美しいのは花ばかりではなかった。木々の緑も、降り注ぐ日差しも、なにもかもが目を射るほどに鮮やかで、眩《まぶ》しい。

伊諒はぼんやりと思う。

……獄外って、ずっとこんなふうに、きらきらと明るかったんだろうか？

思い出そうにも、伊諒が投獄されたのはまだ幼子《おさなご》のときだ。記憶などない。

半年前、羅剛《らごう》王の恩赦《おんしゃ》で出獄を許された。

いまだに夢のような気がしてならない。

外界のすべてが初めて見るもの。季節の折々の花も動物たちも、もっと言えば雨や雪さえもが、伊諒にとっては初めて目にするものばかりだった。

ともに入獄していた父、周慈《しゅうじ》は、自由になれたことに歓喜していたが、伊諒は少々複雑な想《おも》いだった。正直に言えば、現状に心が追いついてきていない感じだった。

つねに薄暗く静謐《せいひつ》だった牢内《ろうない》と、この外界は、なにもかもがちがいすぎる。

……することも、とくにないしな。

しかたなく伊諒も父も、日がな一日書を読んだり、庭園の庭を観賞したりしてときを潰している。

羅剛王のお心づかいだということは、むろんわかっている。

長く幽閉されていた身では、外界に慣れるまで時間がかかるだろうと、あえてなんの役目も与えずにおいてくださっている。

聞くところによると、謀反を鎮圧した際、大半の臣たちは、後顧《こうこ》の憂えを払うため、父と伊諒を死罪にと忠言したらしい。

それを退け、獄に繋《つな》ぐだけで命を長らえさせてくださったのは、ひとえに羅剛王のお慈悲であったという。

牢内でも、羅剛王のお心づかいで、父子はなに不自由のない生活を送れた。囚《とら》われの身ではあっても、衣食住には困らなかった。伊諒には学びの師も遣わされた。

命を助けていただけただけでもありがたいというのに、出獄後は、西《にし》の宮《みや》と呼ばれる宮を与えてくださった。

本宮内《ほんみや》に住まわせず、わざわざ別宮を建立したのも、羅剛王のご配慮だろう。

本宮仕えの者のなかには、謀反の際に身内が戦死した者も多いと聞く。その者たちから恨みを買わぬようにと、王はそこまでお考えになられたようだ。

なんとお心の広いお方であろうと、父と伊諒は日々羅剛王に感謝していた。

それでも——若い伊諒は、この平穏な日々に飽き始めていた。

自分も、なにかしたい。だれかの役に立ちたい。

羅剛王と冴紗《さしゃ》さまは、数々の職務をこなし、ひじょうに多忙な日々を送られているというのに、自分と父はただ無為《むい》にときを過ごしている。そういう忸怩《じくじ》たる思いが、伊諒の心を荒《すさ》ませていた。

そこで、ふと気づく。宮内がなにやら騒がしい。

女官《じょかん》がひとり小走りに駆けてきた。そうとう慌てている様子だ。伊諒の前まで来ると、はぁはぁと息を切らせながら言った。

「伊諒さま！　……ああ、よかった、こちらにいらしたのですね！　羅剛王がおいででございます！　羅剛王と、それから、お妃《きさき》さまが」

聞いて、心臓が跳ね上がった。

修才邏《いざいら》王宮の本宮からこの離宮までは、それなりの距離がある。王がこちらにお見えになることはめったになかった。

その上、冴紗さままでご一緒とは。いったい何事なのか。

「どちらにっ？　どちらにいらしてるんだっ？」

「ご休憩の間にお通しいたしました！　周慈殿下がご対応なさっておいでです。伊諒さまも、お早く！」

女官は急《せ》かすように先に立って駆け出した。伊諒もあわててあとにつづく。


休憩の間の扉を開け、まず目に飛び込んできたのは、床で平伏する父の姿だった。

その前に立つふたりの後ろ姿。

短めの黒髪の方と、床まで届きそうな長い虹髪《こうはつ》のお方。

我が国の国王ご夫妻、羅剛王と冴紗妃だ。

王がこちらに視線をよこし、鷹揚《おうよう》におっしゃった。

「おお、伊諒！　来たか。久方ぶりだな！」

身が引き締まる思いだった。

王と対峙《たいじ》すると、いつもその迫力に圧倒されてしまう。

おなじ王族でも、前王弟であった父とはちがう。父は、穏やかな気質で人々に慕われていたと聞くが、子である伊諒の目には、その穏やかさは所詮《しょせん》は次男の甘えに映っていた。

争い事は好まないが、自分でなにかを成し遂げようという気概もない。つねに淡くほほえんでいるだけで、人の意見に唯々《いい》諾々《だくだく》と従っている。

反して羅剛王は、お若くても王である矜持《きょうじ》と威厳に満ちていらっしゃる。

伊諒はあわてて父のそばまで駆け寄り、横でおなじく平伏した。

「お久しぶりでございます、羅剛王！」

「以前会《お》うたときより大人びたようだな？」

緊張しつつ、平素は使わない丁寧な言葉づかいで返事をする。

「はい、こちらに来て、わたくしの背はだいぶ伸びました」

「血色もよいようだ。宮での生活には慣れたか？」

質問に答えるため、なにげなく顔を上げてしまった。

そして、――拝してしまったのだ。王の隣に立つ、冴紗さまのご尊顔を。


しばし、ときが止まった。…………ように感じた。


たぶん伊諒は、呆《ほう》けたように冴紗さまを見つめていたのだと思う。

唐突に、横から鋭い声が飛んできた。

「伊諒！　おもてを下げなさいっ！」

そのような声は初めて聞いた。父はいままで、なにがあっても声を荒らげたことすらなかったのだ。

「……は、はい！」

顔面に朱が走る。叱責されるまま反射的に顔を伏せ、床に額をこすりつけながら、伊諒はおのれの胸の動悸《どうき》に狼狽《ろうばい》していた。

……なんというお美しさだ……。

困惑のあまり、眩暈《めまい》すらした。

冴紗さまに初めてお会いした際は、薄暗い牢の檻《おり》ごしだった。

あの際もお綺麗《きれい》な方だとは思った。足首まで流れる虹の髪は、あたりの闇を払うように光り輝き、かんばせは、美しいということでは言い表せないほど美しかった。このお方ならば、羅剛王のお心を捕らえて離さぬのも当然だと。

しかしいま、銀服をお召しになり、ご夫君の横に立たれた冴紗さまを間近で拝し、伊諒は雷に打たれたかのような感覚を覚えたのだ。

冴紗さまのまわりに見える炫燿《げんよう》は、以前よりさらに眩《まばゆ》く光り輝き、いまは目さえ開けていられぬほど。お顔からも、全身からも、愛するお方と添えた喜びが溢《あふ》れ出ている。

かぐわしい芳香が鼻腔《びこう》をくすぐる。陶然となりながら伊諒は思う。

……このようなお方が、生きて、この世に存在なさるとは……。

どくんどくんと、心臓の音がうるさいくらいだった。

自身の想いにうろたえている伊諒の耳に、羅剛王のお声が響いた。

「叔父《おじ》上。べつに咎《とが》めぬでもよい。俺は慣れておる」

怒りや揶揄《やゆ》ではなく、自嘲的なあきらめの響きを含んでいた。

父は沈痛な声で陳謝する。

「……申し訳ございません。伊諒にはきつく言い聞かせますので……」

「言い聞かせたくらいでなんとかなるなら、俺も楽なのだがな。——だが、今日こちらの宮に来た用件というは、……じつは、冴紗がひどく叔父上たちの身を案じておってな」

次に聞こえてきたのは、冴紗さまの涼やかなお声だ。

「ええ。たいそう案じております。周慈殿下と、伊諒殿下のおかげで、わたしたちは結ばれることができました。その上、先の戦では、戦の折の敵国、碣祉《けっし》にまで赴くおつもりであられたとか。……ほんに、ありがたいことと感謝いたしております。……あの、……出すぎたこととは存じますが、宮でのお暮らしはいかがでしょう？　長《なが》の幽閉のあとでございますし、足りないもの、ご希望のものなど、ございましょうか？　おっしゃってくだされば、なんなりとご用意させていただきますので」

身が震える。顔を伏せていてよかった。きっといま自分は、眉根を寄せた苦悶《くもん》の表情を浮かべていることだろう。

冴紗《さや》さまの清かなお声が、耳朶《じだ》から入りこみ、全身に染みわたる。

父も感動のあまりか、震える声で答える。

「……いいえ、…いいえ。先の戦で、わたくしどもは、なにもお力になれませんでした。尊き虹の御子《みこ》さまにご心配をいただけるだけで、身に余る光栄と思っております」

ふん、と笑うような羅剛王の声。

「気にするな。戦に行くのは、俺が止めたのだからな。叔父上はともかく、伊諒《な》にもしものことがあったら困る。…いとこ殿には、無事に成長し、妃をめとり、子を生してもらわねばならぬのだ。俺たちの代わりにな」

伊諒は唇を嚙《か》んだ。

王は率直な物言いをなさるお方だ。お言葉には、たぶん嘘《うそ》も偽りもない。

心中で言葉を返す。

……わかっております。僕の真名《まな》がちがうものだったら、僕と父上の命はもうなかった。羅剛王も、謀反の神輿《みこし》に乗った親子を生かしておこうとは思わなかったはずだ。

この地では、子が生まれた際、星予見《ほしよみ》と呼ばれる未来を読むことのできる者に、子の人生を端的に表した名をつけてもらう。

一般的に名乗る表の名に対し、星予見のつけてくれた名は『真名』と呼ばれ、親以外には、仕える主《あるじ》、あとは伴侶にしか告げぬしきたりだ。

伊諒の真名は、『次代の王の父』という。

自分の真名に対して、内心誇らしさもあるが、痛みも、たしかにある。つけられた真名が、その者の人生と大きくかけ離れることはないらしい。ならば自分は、そのとおりの一生を送る定めなのだろう。次代、…つまりいまの代の王、羅剛王のあとを継ぐ子を生し、育てる。そういう生涯を。言い換えれば、それだけしか意味のない一生を。

情けなかろうが、虚《むな》しかろうが、しかたない。みな、大なり小なり自分の真名には痛みを覚えているはずだ。自分も耐えるしかない。

父は上目づかいに王を見上げ、おずおずと言上した。

「たいへん畏《おそ》れ多いこととは存じますが、――それでは、先々のために、飛竜《ひりゅう》を下賜《かし》いただけませんでしょうか。わたくしたちでも、いざというときになにかのお役に立てるかもしれません」

「飛竜か？　…ああ、むろん、俺も考えておった。――だが、下賜ではないぞ？　叔父上方は、王族であるのだからな。当然の権利だ。…それから、叔父上、伊諒、いいかげん顔を上げてくれ。いつまでも罪人のごとき振る舞いはせんでいい。

父はそれでも遜《へりくだ》った物言いをやめない。

「ですが、……我が妻が、伊諒の真名を吹聴しなければ、あの謀反も起きなかったはずなのです。妻の愚行で、御身《おんみ》のお父上も命を…」

つづきを言わせぬ勢いで、羅剛王はおっしゃった。

「それ以上、言わぬでもよい。俺は、あの謀反は罪とは思うておらぬ。我が父、皚慈《がいじ》は、屠《ほふ》られて当然の悪王であったゆえ、な。……だが、奴《やつ》はもうこの世にはおらぬ。いまは、俺が、修才邏国王だ」

「はい。むろんそのとおりでございます」

「ならば、もうよい。叔父上らに恨みなどない」

「……そうおっしゃっていただけると、わたくしどもも救われます。王のお心づかいには、伊諒ともども、日々感謝いたしております」

「それで？　飛竜だけでよいのか？　俺としては、叔父上たちのお身体《からだ》が本調子となられたら、国政へも参加していただくつもりなのだが？」

父は喜びのあまり咽《むせ》び泣いているようだった。

「………おお……我らの罪をお赦《ゆる》しくださっただけではなく、広い御心《みこころ》で、そこまでお考えくださっているとは……」

王は鼻で嗤《わら》うように話を締めた。

「俺は心が広いわけではなく、叔父上と伊諒には大切な役目があるということを、わかっておるだけだ。叔父上らになにかあって困るのは、こちらだ。王家の血を繋《つな》ぐ者がいなくなれば、臣どもがまた、俺にどこぞの姫を押しつけてくるに決まっておる。俺にはもう冴紗という、神に誓った永遠の伴侶がおるというに、──ほんに、奴らにとっては、一夫一婦を守れという虹霓教《こうげいきょう》の教えより、修才邏王家の血を絶やさぬことのほうが重要なのだろうよ」


おふたりが帰られたあと、父はなにも言わなかった。

ただ、じっと憐憫《れんびん》の目で息子を眺め、一度深いため息をついただけだった。

「……………わかっているね？　伊諒」

「はい」

「冴紗さまは、たぶんお気づきにはなられていない。それだけが救いだが、……王を怒らせてはいけないよ？　王ご自身はお心の広い方だから、多少の不作法でもお赦しくださるだろうが、冴紗さまの前でだけは細心の注意を払わなければいけない。…くれぐれも、くれぐれも、気をつけておくれ？」

唇を噛み締めつつも、うなずくしかなかった。

冴紗さまに恋をしてはいけない。

恋をしていることを、冴紗さまご本人に知られてはいけない。

羅剛王の、冴紗さまに対する愛情の強さは有名だ。溺愛だと言う者もいるが、そんな生《なま》易《やさ》しいものではない、狂愛という言葉のほうが正しいと言う者さえいる。

たぶん『次代の王の父』の真名を持ついとこの自分であっても、王の怒りを買ってしまったら首が危ない。

冴紗さまの前では賢王として振る舞っていても、もとの羅剛王は、荒ぶる黒獣という渾名《あだな》で恐れられていたほど気性の激しいお方だったという。

……だけど、……父上も羅剛王も、僕の視線ひとつですべてを察してしまったんだな。

自分でも気づいていなかった邪《よこしま》な想いを。

胸が焼かれているようだ。

羅剛王は、幾人の、幾百人、幾千人の、『冴紗さまに恋する男』の瞳を覗《のぞ》きこんでしまったのだろう。

申し訳ないとは思う。

だが、冴紗さまに恋情をいだいているのは、自分だけではない。

あの麗しきお方を手に入れられたのだから、世のすべての男の憎悪くらい甘んじて受け入れるべきだ。伊諒はそうも考えてしまうのだ。

翌日、早々に飛竜が二頭届けられた。

「……ああ。また飛竜に乗れる日が来ようとは……」

昨日同様、またも父は涙に咽んでいる。そして、王のおわす花《はな》の宮《みや》と、冴紗さまのおわす大神殿に向かい、深々と頭を下げている。

伊諒は、おそるおそる飛竜に歩み寄ってみた。

思わず口から感嘆の声が洩《も》れる。

「大きい……！　飛竜って、こんなに大きな獣だったんだね！　翼を広げたら、五立《りゅう》ちかくあるんじゃない？」

飛竜を連れてきた竜騎士のひとりが、にこやかに答えた。

「伊諒殿下は、初めて間近で飛竜をご覧になられるのですね？」

「うん。物心ついてから、ずっと牢で暮らしていたからね。空を飛んでいるのは、ここから何度も見たけど」

そこで彼は、かるく一礼した。

「申し遅れました。我々は、修才邏軍竜騎士団所属の者です。王からご命令を受けております。伊諒殿下がおひとりで騎竜できるようになるまで、訓練してくれというお話でございました」

「え？　僕ひとりで、…これに乗るわけ？」

他の竜騎士が答えた。

「はい。修才邏が誇る飛竜は、軍部でも限られた者しか騎竜を許されておりません。殿下は王族のお方ですから、特別の権利なのですよ？」

父が弾む声で騎士の言葉のあとを継いだ。

「そうだよ、伊諒。上級貴族であっても、身分だけでは騎竜は許されないんだ。本当に栄誉なことなんだよ？　それに…」

とまで言いかけ、父は、はっとしたように飛竜の一頭を見つめた。

おそるおそるといった体で騎士に尋ねる。

「もしや、この飛竜は、……わたくしが以前乗っていた……」

ようやく気づいたのかと言わんばかりの顔で、騎士たちはうなずいた。

「はい。周慈殿下の愛竜を、羅剛王はご記憶でございました」

「我々竜騎士団の者も、生涯一頭の竜と組んで飛びます。万が一、竜が死んでしまった場合以外、他の竜に乗ることはありません」

「……では、…王は、いつかこの日が来ることを見越して……？」

「むろん、そのおつもりであられたのでしょう。そうでなければ、これほどのよい竜を、空き竜のまま十数年も置いておくわけがありません。飛竜はひじょうに頭数の少ない、貴重な存在ですから」

「…………おお……。なんとお情け深い……」

父は手で顔を覆い、しばらく嗚咽《おえつ》に咽んでいた。

それからは訓練の日々だった。

竜騎士が連日つきっきりで教えてくれはしたが、長年獄で暮らしていた伊諒は足腰が弱いらしく、怯《おび》えもあって、どうしてもうまく乗りこなせなかった。

それでもひと月ほどの訓練ののち、晴れて単独飛行を許された。

その日、——伊諒が初めての飛行先に選んだのは、『大神殿』。

言うまでもなく、冴紗さまがお勤めをなさっている虹霓教総本山だ。

ほかに行きたいところなど思いつかなかった。

修才邏国内で、思い入れのある場所などないし、他国ならなおさらだ。

伊諒の心を占めていたのは、冴紗さまの麗しいお姿、清かなお声。

あの方以外に拝したい方などいないし、あの方以外に接したい方などいない。

なぜここまで冴紗さまに焦がれてしまうのか。

美しいことは、美しい。神々しいことは、神々しい。だが自分は、世に初めて現れた虹《こう》髪虹瞳《はつこうどう》を盲目的に信仰しているだけの信者ではない。

あえて言ってしまえば、伊諒にとって『虹霓教』など、ただの絵空事だった。なにしろ十数年を獄で暮らしていたのだ。明日は首を斬られるのではないかと怯え、いつかは外に出られるのかと嘆きつづける父と、長いときをともに過ごしてきた。

口にはしなかったが、伊諒は神などいないと思っていた。

いるのならば、なぜ自分たちを救ってくださらないのだ。

じっさいに謀反を起こしたのは、皚慈王を斃《たお》したかった兵たちだ。自分たちは彼らに利用されただけの、いうなれば犠牲者だ。なのになぜ獄に繋がれなければならない？　母も、なぜ自死しなければならなかった？

しかし、――そのような想いは、冴紗さまのお顔を拝した際、すべて霧散した。

この方が神の子であろうとなかろうと、どうでもいい。このお方になら、命を捧《ささ》げてもかまわない、と。

上空を飛びながら、伊諒の胸は高鳴った。

……やっと、自分の意思で、冴紗さまのおそばに行けるんだ！

直接お顔を拝するつもりはなかった。

ただ、少しでもいいから冴紗さまの近くに行きたかった。

二日ごとに大神殿と王宮を行き来なさっているのは知っていたが、王宮にいらっしゃるときの冴紗さまは、『修才邏国王妃』。羅剛王のものだ。嫉妬心の強い王が睨《にら》みをきかせているから、お姿を見ることすら許されない。

だが大神殿にいらっしゃる冴紗さまは、『聖虹使《せいこうし》』。虹霓教信仰者全員のものだ。

早朝には出立したのだが、やはり慣れぬ飛行で時間がかかった。目的地が見えてきたときは、すでに陽《ひ》が傾きかけていた。

初めて間近に見た霊峰麗煌山《りこうざん》は、凄《すさ》まじく高く、険しかった。

途中、岩肌にしがみつくようにして、たくさんの巡礼者が登っていた。それを横目に見ながら、伊諒は必死に手綱を握り締め、上へ上へと飛竜を御した。

雲を抜け、ようやく山の頂上が見えた。

石造りの大きな建物があった。

たぶんこれが大神殿だろうと、その屋上に飛竜を降ろす。

なんとか無事に到着できた満足感で息を整えていると、物音を聞きつけたのか、黒服の神官たちが階段を駆け上がってきた。

伊諒の顔を見ると、ひじょうに驚いた様子で言葉を発した。

「飛竜の羽ばたきが聞こえたので、羅剛王がいらしたのかと思いましたが……」

「どなたですか？　飛竜を御していらっしゃるからには、佟才邏の方とは思いますが？」

伊諒は、勇んで飛竜の背から飛び降りた。

「僕は、伊諒です！」

「伊諒……」

はっとしたように、神官たちは顔を見合わせた。

「もしや、周慈殿下のご子息の…？」

「はい。羅剛王のいとこにあたります」

神官たちは、互いに目くばせした。なかのひとりが身を翻し、階段を駆け下りていった。戻ってきたときには、老人の神官を伴っていた。

老人の神官は、慇懃《いんぎん》に一度頭を下げた。

「伊諒殿下。私は大神殿の長老位の者でございます。——して、此度《こたび》の訪《おとな》いのわけを、お聞かせいただけますか？　こちらにはなんの連絡も届いていないのです」

「訪いのわけ？　そんなの……」

勢いのまま来てしまったが、口実は考えていなかった。

それでもまさか、冴紗さまにお会いしたいから、とも言えない。

伊諒はしばらく思案し、思いついたことを答えた。

「……えっと……なにか、お役に立てないかと思っただけだよ。僕は敬虔《けいけん》な虹霓教信者だからね。それに僕は王族だから、こちらで必要なものは、なんでも持ってこられる。…飛竜も王に下賜していただいたことだし、いつでも来られるんだ」

老人の神官は、硬い表情で首を振った。

「たいへんありがたいお申し出ですが、寄進であれば信者のみなさまから頂戴するぶんで、十分事足りております。羅剛王もたいそうご配慮くださっておりますので、大神殿では、とくに必要なものはないのです」

「だったら、雑事でも手伝うよ。厠《かわや》の掃除でも、なんでもするよ」

またもや神官たちは目くばせし合っている。

厭《いや》な気分だった。なぜそんな目で自分を見るのだろう。ありがたがってくれるならまだしも、まるで困惑でもしているようではないか。

「不躾《ぶしつけ》な問いではございますが、羅剛王の許可はお取りなのでしょうか？」

「どうして？　王の許可がなければ、来てはいけないわけ？」

「そういうわけではございませんが……」

神官の返事はどうも歯切れが悪い。

……たぶん、神官たちも羅剛王を恐れているんだ……。怖い王だということは、知れ渡っているんだ……。

しかし自分は、王族だ。いま現在、修才邏で王族を名乗れる人間は数少ない。神官ごときが逆らえるわけがないのだ。

伊諒はきつく言い返した。

「大神殿に来る人間は、他国の王や貴族たちも多いはずだろ？　そういう人たちを、いちいちひとりずつ、羅剛王に知らせてるわけ？　王の許可を取ってから、入れているわけ？

…ちがうだろ？　ここは、治外法権の場所のはずだろ？」

神官たちはしぶしぶといった様子で、頭を下げた。

「……はい。そのとおりでございます」

「だったら、僕も、ただの参拝者だよ。ほかの人と同等の扱いをして？」

まだなにか言い返してきそうだったので、伊諒は強く言った。

「僕のすることに、王は反対なんかしないよ。…できるわけないんだ。僕は、羅剛王の絶対的な弱みを握っているんだから。僕になにかあったら、困るのは自分のほうだって、王みずからおっしゃったんだから」

鼻息も荒く言い切ってから、神官たちをねめつけた。

立場を笠《かさ》に着て、相手を恫喝《どうかつ》している。

卑怯《ひきょう》なことはもちろん自覚していた。それでも、恋情が勝った。

伊諒は傲然と顎を上げ、居丈高に言い放った。

「とにかく。きみたちの邪魔はしないよ。必ず役に立ってみせるから。それで、羅剛王にも冴紗さまにも、僕が来ていることは言っては駄目だ。——これは、王族の命令だからね。必ず従ってよ？」

Ⅱ　恋するお方に逢うために

羅剛王《らごう》が飛竜《ひりゅう》を飛ばし、冴紗《さしゃ》さまをご送迎なさるのは二日ごと。

おふたりに遭遇しないように、その隙間を狙い、伊諒《いりょう》は足しげく大神殿に通った。

神官たちがなにかを頼んでくることはなかったが、勝手に食料や薬草を届けた。いらないと言われても、無理やり押しつけた。

厠の掃除なども、神官から清めの道具を強引に取り上げて行った。

自分にはだれも逆らえない。

やりたいようにやっていい。

傲慢だと、身を慎めと、心のなかで戒める声が響いていたが、伊諒は無視した。

……自分の恋心を殺してまで、『次代の王』となる子を作らなければいけないんだから、これくらいのこと、許されたっていいはずだ。

僕はなにも悪いことはしていない。冴紗さまにも直接お会いしていない。ただ、幕のあいだから、こっそり謁見のさまを盗み見るだけだ。

謁見の座に着いている冴紗さまは、神々しいばかりの美しさだった。

虹の髪を下ろし、額にも首にも手首にも七色に輝く虹石の飾り、さらには仮面をお着けだった。

謁見者たちは光り輝く虹の御子《みこ》を拝し、みな一様に感動の涙を流している。

でも、と伊諒は思った。

……僕は、神の子としての冴紗さまより、羅剛王のおそばで恥ずかしげに笑んでいる冴紗さまのほうが好きだな。

羅剛王のおそばでの冴紗さまは、可愛《かわい》らしくて、とても幸せそうだが、大神殿での冴紗さまは意思のない操り人形のようで、見ていてなんだかつらかった。


そんな生活がふた月ほどつづいた、ある日のこと。

大神殿の廊下を歩んでいる際、唐突に声をかけられた。救護室の前だった。

「あなた、もうこちらには、いらっしゃらないほうがよろしいわ」

伊諒は驚き、声のしたほうへと視線を飛ばした。

ひとりの若い女性が、睨むような目つきでこちらを見ていた。

参拝者は連日山のように来ていたが、そのとき廊下に人はいなかった。だから間違いなく自分への声かけだと察せられた。

彼女の顔は知っていた。大神殿で下働きのようなことをしている女性だ。

基本的に、大神殿内の雑事は神官たちが行うしきたりらしいが、女性が使用する厠の清掃など、やはり同性が行ったほうがいい。女性の傷病人が出た際も、同性が手当て、看病をするほうが望ましい。

そういった理由で、信仰心の篤《あつ》い女性信者たちが神官の仕事を手伝っているという。

声をかけてきた女性、――年のころは二十歳《はたち》前後か。今年十五になる伊諒より、数歳上のように見えた。

伊諒は怒りのまま尋ねていた。

「なんで、そんなことを言われなきゃいけないわけ？」

赤の他人に自分の動向を指図される謂《いわ》れはない。

女性は怯《ひる》む様子も見せず、つかつかと歩み寄ってくる。

「あなた、ずいぶんと頻繁にいらっしゃっているでしょう？　最初は、お若いのに信仰心の篤い方かと思いましたけれど、…ちがいますわね？」

伊諒より頭ひとつ大柄なその女性は、見下すように言った。

「神官さま方がたいへん困っていらっしゃるご様子なので、出すぎたこととは思いつつも、黙ってはいられなくなりました」

言葉づかいから、あるていどの身分の女性だと察せられた。

しかし、だからといって、言い負かされる気はない。

「困っている？」

女性は片眉を上げた。

「お気づきになられていないわけはないでしょう？　神官さま方は、言外に、あなたの訪いを迷惑に思っていらっしゃいます。それでも、あなたは無視していらっしゃる。——あなた、修才邏《いざいら》の貴族のご子弟？　そうでなければ、そこまで我《が》を通せないはずですわね？」

正確に言えば貴族ではなく、王族だ。だが、いま、この失礼な女性に身分を明かす気はなかった。

「僕がなに者であっても、あなたには関係のない話だろ？」

女性は鼻で嗤った。

「ええ。関係はありませんけれど、聖虹使《せいこうし》さまに災いを齎《もたら》すというならば、話は別ですわ」

一気に頭に血が昇った。

「ふざけたこと言うなよ！　僕が、冴紗さまに、災いなんか齎すはずないだろ！　こんなにお慕い申し上げているのに！」

女性の瞳には一瞬不思議な色が浮かんだ。

それは、父の瞳のなかに浮かんだ色と酷似していた。

「わかっております。若いあなたには、まだご理解いただけないでしょう。ですが、あなたのその想いこそが、聖虹使さまにとっては災いなのです」

頭に昇った血は、次には顔に朱を走らせた。

「災い、なんて……僕は、なにもしていない！　ここに来て、お手伝いをしているだけだ！　食料や薬草を渡したりして、……参拝者がいっぱい来るんだから、助かってるはずだ！」

「存じております。それはご立派な行為だと思います」

「だったら…」

年上らしく、女性は諭すような口調でつづけた。

「多くの方が、聖虹使さまには恋心をいだいていらっしゃいます。世に初めてお生まれになった虹髪虹瞳の聖虹使さまですから、崇拝するのは当然ですが、それでもみなおのれを弁《わきま》えていらっしゃいます。ですが、あなたは、それなりに身分の高い方とお見受けいたします。そういう方は、とても危険なのです」

尋ね返す声が震えてしまった。

「……危険……？」

「ええ。聖虹使さまは、修才邏王のお妃さまでもいらっしゃる」

修才邏王という呼び方をするならば、他国の人間なのだろう。修才邏の人間ならば、お名前から羅剛王と呼ぶからだ。

伊諒は色をなして声を荒らげた。

「そんなこと、人に言われなくてもわかってるよ！」

それでも、彼女は引かない。

「いいえ。わかってはおりません。あなたの想いは、まわりの者を不幸にします」

「想っているだけじゃないか！　あなたの言い方だと、たくさんの人が冴紗さまを想っているんだから、僕ひとりくらい増えたって、問題はないはずだ！　ほっといてくれよ！」

「あなたは、ほかの方々とはちがうと申し上げました」

「ちがわないよ！」

女性は、大きく嘆息した。

「では、――こう言えば、なぜ身のほど知らずなおせっかいを言っているか、わかっていただけるでしょう。――私は、碣祉《けっし》国の第一王女、壽姚《じゅこう》でございます」

反撃する言葉が、喉の奥で凝《こご》った。

碣祉の王は、冴紗さまに横恋慕をし、修才邏に戦を仕掛けてきた。

冴紗さまは戦を終わらせるため、御みずから碣祉へと赴かれたのだ。

「あなたは、私の父と同様の愚を犯すおつもりですか」

「……僕は……」

「おのれの立場が高い者は、往々にして誤解しがちです。修才邏王と競い、聖虹使さまをみずからのものにできるのではないかと、……そういうおぞましい考えがいっさいないと、あなたは断言できるのですか」

　その指摘は、鋭い刃《やいば》のように伊諒の胸に突き刺さった。

　王女の唇がつらそうな笑いの形を作る。

「即答できないのが、すべての答えではありませんか？　ご自分でもおわかりになったでしょう？　あなたは、ご自身に逆らえないのをわかっていて、神官さま方を脅しているのですよ」


　怒りを胸にしたまま、大神殿をあとにした。

　飛竜の背で、伊諒は怒鳴った。

「冴紗さまに羅剛王がいらっしゃることなど、言われなくてもわかってるよ！」

　だが、冴紗さまを欲しがるのが、なぜいけないことなのか。

　羅剛王が素晴らしいお方だということは重々承知している。

　おふたりが深く愛し合っていることも、痛いほどわかっている。

　……でも、僕が修才邏の王だったら？

　謀反が成功していたら、羅剛王は、お父上の皚慈《がいじ》王とともに葬り去られていたはず。そして現在の王は父だったはずだ。

血が沸騰するような感覚に襲われた。

恐ろしい考えが湧き起こってくる。

……そうしたら、僕は『次代の王の父』ではなく、『次代の王』になっていたはずだ。

自分が王であったなら、冴紗さまは、自分の妃だ。

あの王女の放った言葉の刃が、さらに深く胸に突き刺さる。

せめてもの言い訳で、伊諒はつぶやいた。

「……でも僕は……羅剛王を尊敬している。心から素晴らしいお方だと思っている……」

壽姚王女が憎かった。あれほど露骨に指摘されなければ、自分の心の奥底にこんなおぞましい考えがひそんでいるとは気づかずにいられた。ただ自分は純粋に冴紗さまに憧れているだけだと、信じ切っていられたのに……。


連日出かける息子を、父はさすがに訝《いぶか》しんだようだ。

ある日の朝、尋ねてきた。

「伊諒、近ごろ、どこへ行っているんだ？　頻繁に出かけているようだが？」

視線をそらし、うつむく伊諒に向かい、父は諭すように言った。

「――これだけは言っておくよ？　羅剛王にご迷惑をおかけするようなことだけは、してはいけないよ」

たぶん尋ねなくても、父は伊諒がどこに出かけているのか察していたのだろう。

しかたなく、伊諒は応えた。

「……はい。わかってます」

父は宮内にぐるりと視線をめぐらせ、言葉をつづける。

「王は広い御心《みこころ》で、わたくしの愚行をお赦《ゆる》しくださった。我々は本来、このような場所で暮らせる立場ではないんだよ？」

「はい」

「もし羅剛王に弓を引くような行為をするなら、我が子であってもおまえを糾弾《きゅうだん》するよ？　それはわかっておいておくれ」

父に言われなくとも、王を裏切るつもりなどない。

自分ごときが、羅剛王から冴紗さまを奪えるはずもないし、王を愛している冴紗さまを悲しませるようなこともしたくない。

鉛でも飲み込んでしまったような胸苦しい思いで、伊諒はその日一日を自室に籠もって過ごした。


もう大神殿に行くのはよそうかとも思ったが、やはり碣祉の王女にひとこと言ってやらなければ気が済まなかった。

るだろう。

幸い、あの王女は大神殿に泊まりこんでいるようだから、いつ行っても会うことができるだろう。

飛竜を駆り、大神殿へと向かう。

信者たちの休憩所を覗いて見る。あんのじょう、そこに王女はいた。

どうも薬草茶を点《た》てていたらしい。

伊諒は王女の背後まで行き、ぶっきらぼうに声をかけた。

「おまえさぁ、壽姚さま、…だっけ？　手が空いたら、ちょっと来てよ」

王女は振り返りもせずに答えた。

「忙しいのです。あなたのような方につき合っている暇はありません。お疲れの参拝者に薬湯を差し上げるのは、私どものたいせつなお役目です」

かっとなった。

伊諒はいままで、自分がそれほど短気な人間だとは思っていなかった。しかし、壽姚という王女の物言いと態度は、いちいち癇《かん》に障った。

「いいから！　僕が来いって言ってるんだから、来いよ！　そんな仕事、ほかの人にやらせればいいだろ！　あんた一応、王女なんだろっ？」

わざとらしく大きな音をたて、王女は茶道具を卓に置いた。

振り返り、大股で歩いてきて、先日のように上から睥睨《へいげい》した。

「なんなんです？　私になにかご用ですか？」

「……うん、まあ……用って言えば、用だな」

「早くおっしゃってくださいな。本当に我儘《わがまま》なお方ですわね。ご自身の命令になら、だれでも従うと思ってらっしゃる。…ですけど、私は他国の人間ですから、あなたがひけらかす修才邏貴族のご威光は通用しませんわよ？」

いちいち喧嘩《けんか》ごしで話す女だな、と眉を顰《ひそ》めつつ、伊諒は言った。

「用っていうのは………僕は、冴紗さまとどうこうなろうなんて、これっぽっちも思ってないってことだよ。それだけは言っておかなきゃって思ってね。僕は、羅剛王を心から尊敬してるし、冴紗さまは羅剛王のおそばにいるときが、いちばん幸せそうなんだ。本当に幸せそうにほほえまれるんだ。謁見のときの冴紗さましか見てない人にはわからないだろうけどね」

一気にそれだけ言い、どうだよ、言い返せるもんなら言い返してみろよ、と睨んだが、王女の侮蔑の表情は変わらなかった。

「仮面をはずした御子さまをご覧になったことがあるのですか」

「……え？　…うん、あるよ」

「御子さまは、ご夫君のそばでは、ほほえまれるのですね？　お幸せそうに？」

「そうだよ。あたりまえじゃないか。おふた方は心から愛し合ったご夫婦なんだから」

王女は大きなため息をついた。

「——あなたは、ご自身がいまどのような顔でいらっしゃるかわからないのですか？」

「どういう意味だよ」

さらにため息をついた。まるで馬鹿に対する嫌がらせのように。

「あなたは、御子さまの平素のご様子を見ることができる立場である、それを誇らしげに私に聞かせているのです。瞳を輝かせながら。私にとっては、あなたは恋しいお方のことを、言葉を尽くして語るお子さまにしか見えません。いまのお話を聞いて、あなたが真に危険な存在であると確信できました」

一気に頭に血が昇った。

「ちがうって言ってるだろ！　なんで信じないんだよ！　そりゃあ、冴紗さまは好きだけど、…でも、羅剛王に敵《かな》う男なんて、この世に存在しないだろ！　僕なんかが盗《と》れるわけないじゃないか！」

王女は薄く笑った。

「ほら。いまおっしゃった言葉が、あなたの本音でしょう？　ご自身に自信がないから諦《あきら》めたふりをして、けれどあなたが大人の男性になられたら、きっと修才邏王に弓を引く存在になります」

もう抑えが利かなかった。廊下を通る人も数人いたが、そんなものも無視して、伊諒は口汚く罵っていた。

「なにをわかったふうに断言してるんだよ！　――だったら、おまえはどうなんだよっ？　おまえは、お父上の蛮行を止めなかったんだろ？　冴紗さま欲しさに戦まで仕掛けてきて、…あれが神に赦される行為だと思ってるの？　…どう？　ちがう？　おまえも、家族も、碣祉王を止められなかったくせに、僕のことをとやかく言える立場じゃないだろ！　――人の想いは止められない。みんな冴紗さまが好きなんだ。僕のことを咎めるなら、…だったら、冴紗さまを想っている男、全員を咎めてみせろよ！　偉そうに、出しゃばり女が！いいかげんにしろよ！」

きつい目で睨んできたが、しばらくして王女は肩を落として言った。

「………戦のあと、碣祉国がどのようなことになったのか、……あなたはご存じではないのですか」

「修才邏の属国になった、って話だったけど？」

言葉が足りなかったとつけ足す。

「当然だろ？　潰されてもおかしくなかったのに、羅剛王と冴紗さまは、そうなさらなかった。だから、おまえだって命があるんだろ？　――感謝くらいしたらどうだよ？」

そこまで言っても、王女は冷静だった。

「父の物狂いは、治まってはおりません。父も、兵士たちも、…そして、聞くところによると、萋葩王《さいは》も、御子さまへの想いに苦しんでおられるとか。仮面をはずした御子さまを拝した者は、ほとんどが狂ってしまったのです。身分の低い者、他に愛する人がいる者は、かろうじて正気を保てているようですが、父のように身分のある者、おのれに自信のある者は、抑えが利きません。いつまでもいつまでも、御子さまを強奪することを考えているのです」

さすがに黙ってしまった。

碣祉の王や兵士だけではないことを知っていたからだ。聞くところによると、泓絢《おうけん》の瀧《りよう》偖《せい》王子も、やはり物狂いが治まらないらしい。

……だから、僕も一生狂ったままだって言いたいわけ？　素の冴紗さまを見たことのある人間だから？

そう尋ねたかったが、「はい」と答えられるのが恐ろしくて口にはできなかった。

ふいに。話を変えるように、王女は尋ねてきた。

「ところで、私がいくつに見えますか？」

奇妙に明るい口調だったから、伊諒もごく普通に返事をした。

「なんだよ急に。……ええっと、女性の年はわからないけど、…たぶん、僕より数歳上、…二十歳前後じゃないかな？」

「ええ。私は今年、二十一になりました。御子さまと同い年ですわ」

壽姚王女の遠くを見つめるような目つきに気づいた。

多くの国では、王族は早くに伴侶を決める。とくに王女ならば、十にならずに嫁ぎ先は決まっているはずだ。二十一ならば、子のひとりふたりいてもおかしくない。

意味を解して、黙り込んでしまった。

そんな伊諒を見て、苦笑ぎみに王女は言った。

「碣祉の王女などを、娶《めと》ろうとする人はおりません。神国修才邏に刃を向けた男の娘など、だれが欲しがるでしょうか」

返事ができなかった。そのとおりだと思ったからだ。

「それに…」

王女は掌《てのひら》を自分の胸に向け、さらにつづけた。

「私をご覧になっておわかりでしょう? 私は美しい娘ではありません。碣祉の王女であっても、下の妹、その下の妹も、もう嫁ぎました。私だけですわ。この歳《とし》になっても嫁ぎ先が決まらないのは」

とっさに反論していた。

「美しい娘じゃない、って……でも、それは一般的な見方で、…ほら、世のなかにはいろいろな趣味な男がいるだろうし…」

「同情はいりませんわ」

きっぱり言い切られて、うろたえた。

「同情なんか……」

怒ったのかと思ったら、壽姚王女は声を立てて笑ったのだ。

「いいのです。卑屈になっているわけではありません。現実をしっかりと見ているだけです。美しくない娘には、美しくない娘なりの役目があるのだと思っております。そして私は健康です。ここでこうして奉仕ができるだけでもありがたいことです。神に感謝いたしております」

さんざん好き勝手を言っていたくせに、伊諒は言葉を発せられなくなっていた。

王女はいたずらっぽい笑いで、ちいさく言った。

「私の真名《まな》、『良き妻、良き母』というんですのよ」

「え……っ？」

王女は、ふふふ、と笑う。

「星予見さまでも、未来を読みまちがえることがあるらしいですわ。少なくとも、私の場合は完全にはずれでしたわね」

宮に戻って、伊諒は考え込んだ。

壽姚王女の言葉が頭から離れなかった。

……あいつの言ったことは、なにもまちがってないな。

だから腹が立った。父や羅剛王でさえ、あそこまで厳しく自分を咎めないのに、あの王女は歯に衣着《きぬ》せ《き》ぬ物言いで核心を突いてきた。

自分でもおのれの愚かさはわかっていたのだ。

羅剛王から冴紗さまを盗る気などない。……すくなくとも、いまは。

しかし、年を重ねて大人の男となったとき、自分は堪《こら》えていられるだろうか。碣祉の王、萋葩の王、それから隴偖王子のような無体な真似をしないでいられると、本当に断言できるだろうか……。

伊諒は声に出して言っていた。

「もう、やめなきゃいけないな。虚しいことは」

いつかは冴紗さまへの想いを断ち切らなければいけないとわかっていながら、ずるずると決断できずにいた。

自分は本当に甘ったれた子供だった。

羅剛王もおっしゃっていたではないか。そろそろ国政にも参加させると。

その際、王妃である冴紗さまを拝すだけで心乱されていては職務も務まらない。

そこで伊諒は笑い出してしまった。

……それにしても、あそこまではっきり罵られるとはね。

彼女に怖いものなどないのだろうか。

考えるまでもないことだ。王女は波乱万丈の人生を歩んできた。ご夫君のいらっしゃる虹の御子を強奪しようとする、そんな神に背く行為を、碣祉王のお妃さま、ご家族、家臣たちが、止めなかったわけがないのだ。それでも戦は始まってしまった。

大神殿での奉仕は、彼女なりの贖罪《しょくざい》なのかもしれない。たぶん王女は、父のしでかした愚行を恥じ、生涯をかけて修才邏に尽くすのだろう。

だがなぜ彼女は、自分の真名を伊諒に告げたのか。

嗤《わら》い話のつもりだったのか、もう嫁ぐこともないと自嘲のために言ったのか。

自分の容姿を嗤う女性は悲しいと、伊諒は思った。

「そんなに醜くはないと思うんだけどな？」

笑うと可愛らしい。声も凛《りん》として、爽やかだ。なにより、歯に衣着せぬ物言いをするところが好ましい。

唐突に思いついた。

……そうか！　嫁ぎ先がないっていうんなら、僕がもらってもいいわけだよね？

王女という生まれなのだから、自分の妃として迎えても問題はないだろう。

奇妙な高揚感が湧いてきた。

自分だったら彼女を、本当に『良き妻、良き母』にしてあげられる。

それはとてもいい案だと思った。…いや、いいどころか最高の選択だと、伊諒は自分を自画自賛したくなった。


まず羅剛王へ決意を伝えなければ、と思った。

夕刻には冴紗さまを迎えに出られるはずなので、早くしなければいけない。

伊諒たちの住まう宮から本宮までは、徒歩で一刻近くかかる。二重城壁の内側であるにもかかわらずだ。

内側の城壁内には、本宮と、花の宮《はなのみや》などのいくつかの離宮。さらにその外側の城壁内には、家臣や兵士らの宿舎、飛竜舎、走竜舎《そうりゅう》、武器庫、訓練場などがある。

ひとことで修才邏王宮といっても、壁内だけでひとつの街ほどの規模なのだ。

伊諒は勇む思いで歩を進めた。本宮のまわりにはたくさんの衛兵がいたが、そのひとりに取り次ぎを頼む。

「伊諒です。王にお目通りをお願いしたいのですが」

「伊諒、……あ、周慈《しゅうじ》殿下のご子息の！　西の宮《にしのみや》からおいでなのですね？」

「はい」

緊張で身を硬くしていると、ほどなくして羅剛王が現れた。

「どうした、伊諒？　なにか用か？　叔父上はいっしょではないのか？」

もう外套《がいとう》をお召しだった。長くお時間を割いていただくわけにはいかない。伊諒は早急に告げた。

「お願いの儀がございまして。どこか密室に移動できますか？」

王は不機嫌そうに答えた。

「……他者に聞かれては困る話なのか？　…まあ、いい。手短に話せよ？」

羅剛王は先に立って王宮のなかへ招き入れてくださった。

人払いされた部屋に入るなり、伊諒は口を切った。

「碣祉国の第一王女、壽姚さまとの婚約をお赦しください」

王は眉ひとつ動かさずに尋ねてきた。

「言うていることがわかっておるのか」

「はい」

「どこで知り合《お》うた」

「大神殿で。信者として奉仕をしていらっしゃいました」

「歳は」

「二十一と伺いました」

「修才邏王家に嫁ぐということだぞ？　相手にそれだけの覚悟はあるのか？」

「大丈夫です。芯の強い人ですから」

王は眉を顰めて腕組みをなさった。

手放しで喜んでいるわけではないことは、その表情からも察せられた。

「――碣祉の王女だから、というわけではない。どこの国の王女でも、…いや、どこの国の端女《はしため》でもかまわぬ。おまえが心底惚《ほ》れた女なら。だが、……ちがうであろう？　おまえの瞳には、その娘に対する恋情が見られぬ」

自分は、たぶん睨み返しているのだろう。

……このお方が、それをお尋ねになるのか……？

僕の気持ちも知らずに。

僕の想いも、壽姚王女の想いも知らずに。

やがて羅剛王は低く尋ねてきた。

「…………耐えられぬのか」

なにを尋ねられているのか、すぐに理解した。

冴紗さまへの恋情を抑えきれないのかと、王はお尋ねなのだ。

伊諒は視線をはずさずに答えた。

「はい」

「相手の娘も、おまえの、その想いを知っておるのか？」

「はい。厳しい口調で咎められました。それで心が決まりました。あそこまできっぱりと諭してくださる方なら、これから先も、わたくしが道を踏み誤りそうになった際、厳しく諭してくださるだろうと。わたくしにとっては、彼女こそ、最高の伴侶であると確信いたしました」

しばらくの沈黙のあと、王は嘆息のような声で尋ねてきた。

「あれには、……なにも伝えずとも、かまわぬのか」

あれ。

冴紗さまをあれと呼べるこのお方を、一瞬、心の底から憎いと思ってしまった。

……やはり、壽姚王女の言ったとおりだ。

自分の想いは危険だ。

まだ芽のうちに摘《つ》み取ってしまわなければいけない。

最悪の事態になる前に気づけてよかった。気づかせてくれて、よかった。

「王。わたくしの真名はご存じでございましょう？」

「ああ。次代の王の父、であったな」

伊諒は、きっぱりと言い切った。

「いまこそ、その真名を誇らしく思います」

「冴紗のために、子を生《な》すと？　おのれの想いを封じて……？」

「わたくしに、ほかになにができましょうか」

羅剛王のおもてには、見誤りようもないほど深い苦渋の色が浮かんだ。

その色を見せたくなかったのか、王はくるりと背を向けた。

「……俺は、……おまえに、謝ればよいのか？　労《ねぎら》えばよいのか？」

「なにも。強いて言えば、冴紗さまが生涯ほほえまれていられるように。わたくしの願いは、それだけでございます」

身のほど知らずな物言いにも、王は穏やかに返してくださった。

「ああ。約束する」

羅剛王は、静かにつづけた。

「だが、おまえも約束してくれ」

「なにを、でございますか」

「おまえも、幸せになれ。娶る王女を、生涯ほほえませ、そしておまえも、生涯ほほえんでいられるように。俺は、……おまえの不幸など望んではおらぬのだ」

伊諒は、知らず頭を下げていた。ありがたいお言葉だと思った。

「――はい。必ずや」

頭を上げるのに、少し時間がかかった。

瞳が潤んでしまっているのを、王に見られたくはなかった。

これで、自分の幼い恋は完全に屠られた。自分はきちんと、冴紗さまへの思いを封じられたのだ。

次に大神殿へと赴くと、いつもどおり壽姚王女は忙しく立ち働いていた。

伊諒に気づくと、薄く笑った。

「あら？　あなた、あれだけ申しましたのに、またいらしたんですの？　よくよく懲りないお方ですわね」

「そうかな？」

「ちがいますの？　ここに来たら、私の罵声を浴びることになるとわかりきっておりましたように」

そこで王女は、おかしそうにくすくすと笑い出したのだ。

「……そうは申しましても、…じつは、あなたの訪いは、少々楽しみではありましたわ。私などと本音で語らってくださる方など、これまでいらっしゃいませんでしたから。どなたも、腫《は》れ物にさわるような扱いでしたもの」

「まぁ、そうだろうね。だれだって、碣祉の王女なんかには、どう対応していいかわからないからね」

「ええ。そのとおりですわ」

壽姚王女の笑みは、無邪気で屈託がなかった。

年上の女性だが、とても愛らしいと思った。

伊諒の胸に不思議な感覚が芽生えた。冴紗さまにいだいていた感情とはまたちがった感情だ。

王女は苦笑ぎみに言った。

「なにを言っても、あなたにはちっともこたえていないようですわね？」

「そうだね。ちっともこたえてはいないね」

「なぜですの？」

「……そうだね。なぜだか、なにを言われてもきつくは聞こえないんだよ。きっと僕が、あなたのことを嫌ってないからだろうね」

言ったとたん、王女は吹き出した。

「そうなんですの？」

「うん。まったく嫌っていない」

「じゃあ、お好きなのかしら？」

冗談めかして言ったので、淡々と返してやった。

「うん。そうみたいだね。僕はあなたのことが好きみたいだし、今日はあなたに求婚するために来たんだ。──冴紗さまへの想いは断ち切ったよ」

からかうつもりで言ったはずだが、思わぬ返しに動転したようで、王女は目を見開いて固まっている。

「悪いね。こんな、人通りのある廊下での求婚で。でも、決めたからには早く言いたかったんだ」

「……ご冗談は……」

ようやくつぶやきかけた王女の言葉を、伊諒は遮った。

「冗談じゃないよ。本気だよ」

「ですけれど、聖虹使さまへの想いは……」

「だから、言ったじゃないか。もう振り切ったよ。あの方には、ご立派なお方がついていらっしゃるからね。最初から、僕なんかが出る幕じゃない」

そこまで言っても、王女は状況が呑《の》みこめないらしい。

「私と、あなたが？　結婚？」

「うん。僕はいま、十五歳だから、背もまだ伸びるはずだし、身体も大きくなると思う。一、二年であなたの背は越せると思うよ」

「そういうことを言いたいわけじゃありませんわ」

「じゃあ、なにが言いたいわけ？　僕との結婚なんか厭だ、って？」

それには答えない。

「ふぅん。答えないってことは、あなた、僕のこと嫌いじゃないわけだろ？」

「嫌い、なんてことは……」

「年下扱いしてきたけど、けっこう男として見てくれてたんじゃない？」

王女は視線をそらしてしまった。

伊諒は、さらに追い詰める。

「以前に自分で言ったこと、覚えてる？」

王女は小首をかしげた。

「忘れた？　あなたに求婚する者なんかいないって、言ってただろ？」

「ええ。申しましたけど」

「じゃあ、いいじゃない。僕の伴侶になってよ」

王女は大きく肩で息をした。気持ちを落ち着けようとしているようだった。そのあと、わざとらしいくらい、にっこりと笑みを作った。

「あなたは、修才邏国の貴族でしょう？　私などと婚姻を結ぶことを、お父上、お母上がお許しになるわけがありません」

王女はつけ加える。

「それでも、……生まれて、初めて求婚されましたわ。たとえ冗談でも、生涯の思い出として胸に秘めておきますわ。私でも、若い殿方に求婚されたことがありますのよ、と笑い話にできましょうから」

「そうだね。僕以外の求婚は受けなくていいから、生涯一度だけしか聞けない言葉だと思うよ」

王女は怒りの表情になった。

「もう、そのへんでおやめくださいな。いくら年上の女でも、笑って済ませられる話ではございませんのよ?」

「うん。笑って済ませられたら、僕も困る。あなたは、僕のことを悪《あ》しざまに罵った。みんなが、…それこそ、腫れ物に触るみたいに接していたのに、あなただけは面と向かって僕を責めた。――それで、決心がついた。あなたに、僕の生涯の芝居の、片棒を担がせようってね」

壽姚王女はまたしても瞠目《どうもく》した。

伊諒はさらに詰めた。

「あなたは、僕の、冴紗さまへの想いも知っている。僕が、子供っぽくて我儘なのも、知ってて、きちんと諭してくれる。それに、僕はあなたのほうの事情も知っている。…ね?僕たち、最高の組み合わせだと思わない?」

王女のおもての、驚愕《きょうがく》の色が濃くなった。

「………本気でおっしゃっているんですの……?」

「もちろん、本気だよ」

「私は、碣祉王家の血筋なのですよ？」

「普通の男じゃ釣り合わないって意味？　それとも、碣祉の王女なんか、普通じゃあ娶らないって意味？」

「あとの意味に決まっているでしょう」

「じゃあ言うけど。あなたに負けてはいないよ。僕は、修才邏王家の血筋だから」

「……王族の方、…でしたの……？　ならば、なおさら……」

「羅剛王からは、もう許可をいただいてる。幸せにしてあげろと言ってくださったよ」

「そんな……まさか……」

肩をすくめたくなった。

……本当に頑固だな。いくら言っても本気にしないんだから。

それでも彼女の心は揺れている。嫌われていないというのは、肌で感じられたから、伊諒は最後の手を打つことにした。

「なら、――本気で求婚してるって証拠に、僕の真名を教えてあげるよ」

王女は狼狽して手を横に振った。

「いいえ！　それはなりません！」

「自分は勝手に教えたくせに」

「あれは、……私は、生涯どなたとも結婚しないと思っておりましたから……」

「言い訳はいいよ。僕の真名は、『次代の王の父』っていうんだ。僕は、羅剛王のいとこ、伊諒だよ」

王女は絶句していた。

見る見る表情が歪《ゆが》む。瞳には涙が浮かび始めていた。

「…………なんと…………惨《むご》い……」

意味はわかった。いとこであるなら、間近で、あのおふたりを見ていなければいけないのだと察してくれたのだ。

優しい人だと思った。優しくて、思いやりのある女性だ。

「惨くはないよ。僕は、お慕いする方に、最高の贈り物を差し上げられるんだから」

泣いている王女は、怪訝《けげん》そうな顔になった。

「お慕いするお方、……御子さまに？」

「うん」

「なにを？」

「だから言っただろ？　次代の王だよ」

「お子を、ということですか？　なぜそれが最高の贈り物なのです？　修才邏王と御子さまがお子を生せば…」

「無理だよ。冴紗さまは男性だ」

壽姚王女は、まだ怪訝そうな色を浮かべている。

「女性姿になればよろしいのでは？」

吹き出しそうになってしまった。

「あなたもそんなこと信じてるの？　冴紗さまが変化《へんげ》できるって？　巷《ちまた》にそんな噂《うわさ》が広まっていることは知ってたけどさ」

「できないのですかっ」

「できないよ。あの方は、普通の人間なんだから」

意味が呑み込めなかったようだが、しばらくして王女はおずおずと言った。

「いいえ、虹のお髪、虹の瞳をお持ちの、神の御子さまであらせられます」

「ただ、そういう色の髪と目を持っているだけだよ。…ほら、見てごらんよ？　僕だって紫の髪だよ。あなただって緑の髪だし、…ただ、そういう色を持って生まれたってだけの話だよ」

「ですが、御子さまは謁見のあいだじゅう、端然と座していらっしゃいます。身動きひとつなさいません。延々と、何刻も、です。あのようなお振る舞いは、ただの人にできることではありません。神の御子でなければ無理でございます」

伊諒は、大きく嘆息してみせた。

「それでも、演じているんだよ。頑張って、一生懸命。…大きな声じゃあ言えないけどね。

並大抵の苦労じゃないはずだよ」

　そんな、…そんな、…とつぶやき、壽姚王女は力なく首を振った。

「……私は、……いままで、御子さまにはお悩みなどないのだと思い込んでおりました。あれほどのお美しさに生まれて、世のすべての人に傅《かしず》かれて、愛するお方と結ばれて、……お苦しみなどいっさいないのだと。ですが、それはちがったのですね」

　王女は、はっとしたように言った。

「もしや、……もしや、私の真名を、お信じになって、求婚なさったのですか？　ですが、私が、本当に『良き妻、良き母』になれるかわからないのですよ？　子が生せぬ場合も…」

　伊諒は王女の言葉を遮った。

「もし駄目でも、いいんだ。僕は、あなたとともに生きていきたい。あなたじゃなきゃ、厭なんだ」

　少し笑ってつけ足した。

「こんな気持ちになったのは、初めてだよ？　…冴紗さまに対するような恋じゃ、ないかもしれない。冴紗さまに対するような想いは、たぶん一生、だれにもいだけない。――それでも、僕は、あなたと家族になりたい。あなたに、僕の子供を産んでもらいたい」

　王女は顔を手で覆い、さめざめと泣き始めた。

　胸に込み上げるものがあった。

……ああ、ようやく理解してくれたんだ。

「泣かないでいいよ。なんで泣くの?」

顔から手を引き離そうとしても、王女はいやいやと首を振る。

「……わかりません。ただ、涙が止まらないのです」

「わかってるよ。あなたは、自分のことじゃなくて、僕のために泣いてるんだ。僕の苦しみを、悲しんでくれてるんだ」

伊諒は、心を込めて告げた。

「僕は、たしかに惨い恋をしているけど、……でも、不幸ではないよ。あなたがともに、人生を歩んでくれるなら」

返事はない。

「あなた、僕のこと、嫌いじゃないって言っただろ? あれは嘘?」

いいえ、いいえと王女は手で顔を覆ったまま首を横に振る。

「年下だって、かまわないだろ? 六歳の年の差なんて、あってないようなもんだよ。僕はすぐに大人になるから」

頬や耳が赤らんでいるように見えた。

慎ましい女性だと思った。

誇らしい想いが湧いてきた。

……僕なら、この人を護《まも》ってあげられる。

この人に、真名のとおりの人生をあげられる。

そして自分も、きっと真名のとおりの人生を送れる。

伊諒は気持ちを込めて、言葉を重ねた。

「いっしょに、幸せになろう？　羅剛王がおっしゃってくださった。おまえも幸せになれ、娶る人を幸せにしてやれ、って」

壽姚王女はいつまでも顔を手で覆い、泣きつづけていた。

だが、泣きやんで顔を上げたときには、涙でぐしょぐしょの顔でうなずいてくれるのをわかっていたから、伊諒は黙って彼女を見つめていた。

……可愛いな、ほんとに。

ふたりで過ごす未来が見えるようだった。

もっと似合う服を着せてあげて、思い切り甘やかしてあげよう。だれがなんと言おうと、あなたは世界でいちばん可愛くて綺麗だよ、僕にはそう見えてるよ、…と、大人になった自分なら、心から彼女に言ってあげられるだろう。

早く泣きやんでくれないかなと思いつつ、伊諒は壽姚王女を見つめ、我知らずほほえんでいた。

老神官の旅立つ日

I　新たに建てられた神殿にて

懐かしい友の声を聞いたような気がした。

江延《こうえん》、と、自分の名を呼ぶ声だ。

……もう久しく本名などで呼ばれていないな。

名を捨てて生きてきた。

命を繋《つな》ぐためにはしかたなかった。逃れた泓絢国《おうけん》で、修才邏《いざいら》の名は名乗れなかった。

いつ追手がかかるかわからなかったからだ。

名も捨て、国も捨てて、だが虹霓教《こうげいきよう》の信仰心は守り抜いた。

それだけは、自分を褒められる。

「江延」

気のせいではない。やはりだれかが自分の名を呼んでいる。

羅剛《らごう》王が新たに神殿を建ててくださったが、神官たちも、みな新たに入殿した者ばかりだ。自分を古い名で呼ぶ者などいないはずなのに……。

江延は、下瞼《したまぶた》にくっついてしまっているような上瞼を、なんとかこじ開けた。

「やあ。死んでるのかと思って、若い者を呼ぼうとしていたところだよ。よかったよ、生きていたんだな」

幾分、…いやだいぶ年を取っていたが、自分を覗《のぞ》き込む白髪白髯《はくはつはくぜん》の友の顔が、そこにはあった。

江延は寝台に横たわったまま、皮肉を吐いた。

「あい、か、わらず、…口が、悪いな、…檫博《りようはく》」

「そうか?」

隣室からかすかな物音が聞こえた。

若い神官たちが聴き耳を立てているらしい。おせっかいにも、古い友人に連絡をとってくれたのも、彼らだろう。

「それ、…とも、最長老と、呼んだほうが、いい…の、か? おまえ、たしか、大神殿では、…最、長老、位に、…なって、いる、のだろ…う…?」

自分でも驚くほど声がかすれていた。息も長くつづかない。

檫博はもちろん気づいたはずだが、そんなことには頓着していないかのように、どさりと寝台脇の椅子に腰を下ろし、笑った。

「おまえに最長老と呼ばれるのは、どうも薄気味が悪いよ。おまえだって、ここじゃあ長老だろうし、それに歳《とし》だって、おまえのほうが二月《ふたつき》年長だろう？」

「どち、らも、年寄り、…になった、って、ことだな。……それで、なぜ、ここに、いる？　最長、老、位の、神官は、めったな理由じゃ、出、…歩けない、はず、だが？」

「まあ、そうだがな。じつは王が、修才邏の以前建っていた神殿位置を知りたいと仰せでな。おまえなら書付を持っているかと思ってな」

そんなことは言い訳なのはわかっていた。

……あいかわらずだな。

こいつは昔から恰好《かっこう》つけの激しい男だった。

飄々《ひょうひょう》と語っているようだが、江延の命が消えかかっていると連絡が届き、たぶん取る物も取り敢《あ》えず駆けつけてくれたのだろう。

修才邏国内とはいえ、麗煌山《りこうざん》からここまではかなりの距離がある。

瞼が熱くなったが、江延もそらとぼけて応えた。

「そんな、もの、大神殿、にも、保管、して、…ある、だろう、が」

「どこかに紛れてしまってな。見つからないんだ」

笑いが洩《も》れた。嘘《うそ》の下手な男だ。

「素直に、おれ、が、心配、だったから、…来た、と、言え、よ」

「心配？　いまさら、そんなものをするか。二十年以上も、泓絢に行っていた奴《やつ》が。あっちでとっくに死んでると思ってたさ」
ふいにどちらも黙り込む。

撩博がなにを考えているのか、聞かずとも江延にはわかった。
……そうか。もう二十数年経《た》つんだな。
さらに遡《さかのぼ》ること四十数年。
神官を目指し、大神殿でお勤めを始めたころ、同い年の撩博と出会った。
記憶のなかの若き日々は、つねに輝きに満ちている。
数年の修行ののち、どちらもちいさな神殿に配属された。
江延は北方に、撩博は南方に。
お互い頑張ろうな、と言い合い、別れた。
江延は配属先の神殿で、地域の人々とも良好な関係を築けた。
幸せだったと思う。いま考えてみれば。
あのまま生涯、穏やかな神官生活を送れるものだと思い込んでいた。
それが、ある日一変した。
塏慈《がいじ》王と瓏朱《ろうしゆ》姫のあいだに、世継ぎがお生まれになったのだ。
塏慈王は、正式な婚姻を済ませてはいなかった。
泓絢国の王子妃になる予定であった姫を攫《さら》ってきたのだという噂《うわさ》だったが、一介の神官などに真実はわからなかった。ただ、そういう噂が民のあいだにあった、というだけだ。

そこから先は、……もう思い出したくもない。

悪夢としか言いようのない虐殺の繰り返し。

いましがた共に経典を読んでいた神官仲間が、王の兵によって嬲《なぶ》り殺しにされ、神殿には火をつけられ、……建物の焼け焦げる匂い、逃げ惑う仲間の姿、助けてくれようとした信者までもを、皚慈王の差し向ける兵たちは情け容赦もなく殺していった。

理由などなにもわからなかった。

羅剛皇子に関することで、なにか皚慈王が怒ったのだと、…いや、瓏朱姫が自死なさったせいだと、人々はあらゆる推測をしたが、虹霓教神殿が焼かれ、神官たちが殺されるという事実だけは変えようもなかった。

残虐非道な宗教弾圧は数年間つづいた。


「それに、しても、…おまえ、が、…いまの、大、神殿、最長老、とは、な」

すべての民は平等であるという教義の虹霓教だが、むろん身分の上下はある。それなりに重責のある役職の者は尊敬されるし、長くその職務に就いている者もそうだ。

大神殿の最長老位は、神官の最高位だった。

燎博は顔を顰《しか》めた。

「何度言ったら気が済むんだ？　嫌味な奴だな。…しかたないだろう？　私以外の年寄りは、あの大粛清で殺されてしまったんだからな。ほかになり手がいなかったんだよ」

「うま、く、やれ、てい、……る、のか？」

「まあ、なんとかやっているよ」

信じられないな。大神殿の長老位なら、それなりに箔《はく》のある態度を取らなければいけないだろうに。おまえなんかに、それができているのか？　外見だけは、偉そうなじじいになったがな。

声には出さなかったが、だいたいの意味は、唇の動きで読んだらしい。

燎博は、にやっと笑ってみせた。

「おまえ、修才邏にいなかったから知らないだろうがな、私は羅剛王と冴紗《さしや》妃の婚姻の儀も取り仕切ったんだぞ？　立派だったとみなが褒めてくれたんだがな。…見られなくて残念だったな」

若いころと変わらぬ茶目っ気のある答えに笑ってしまい、咳《せ》き込んだ。

いまは好々爺《こうこうや》然としたふうを取り繕っているらしいが、昔の燎博は、かなり剛毅な性格の男だった。

あの大粛清の際も、争うことをよしとしない神官たちは、唯々諾々《いいだくだく》と殺されていったが、燎博の率いる一派だけはちがった。

虹霓教を守り抜くため、武器を調達し、生き残りの神官たちを集めて大神殿に立て籠もったのだ。

　暟慈王の差し向ける兵たちとの戦いは、何年にもわたってつづいたという。

　たぶんいまでも、大神殿のどこかには、当時使った剣や弓、投石器などが残されているのだろう。

　江延《こうえん》は思わず言っていた。

「……よく、戦い、抜いた、な」

　橑博はなんとも言えない笑みを浮かべた。

「神に背く行為だとはわかっていたが、虹霓教の根を絶やすわけにはいかなかった。修才邏は、虹霓教発祥の地、大本山の大神殿を有している国だからな」

「おまえ、たち、の、お陰、…だ、よ。いま、…の、修才、邏、の、虹霓、教、の、…繁栄、は」

　橑博は真摯な表情で首を横に振った。

「いや。他国に逃れてくれたおまえたちがいたからこそ、残った我々も死力を尽くせた。我々が負けても、修才邏の神官は他国にもいる。全員死に絶えても、暟慈王を斃《たお》した暁《あかつき》には、我々の仲間が戻ってきて、きっと虹霓教復興を果たしてくれると信じていられた」

「命が、惜し、くて、逃げ、た、…とは、思わ、な、かった、のか」

「思うか、そんなこと。国で戦うより、さらに厳しい道を選んでくれたと、みな感謝していたよ。…みな、そう言って、死んでいった。だれひとりとして、おまえたちの気持ちを疑わなかったぞ」

涙が滲《にじ》んだ。胸の震えるような嬉《うれ》しい話だが、いかんせん戻ってくるにはときがかかりすぎた。

あちこちの虹霓教信仰国に神官たちは散り散りに逃げたが、おもに逃亡した先は、皚慈王に反発する国々だった。

江延たちは泓絢国の手引きで、そちらに迎え入れられた。

泓絢国は、言うまでもなく、皚慈王に瓏朱姫を攫われた母国だ。

そのほかには、萋葩《さいは》国、碣祉《けっし》国などにも、多くの神官が逃れた。

それから十三年。

皚慈王が斃されたという報が江延たちに届く。

すぐさま帰国したかったが、そのころにはもう泓絢国でそこそこの地位となっていた。逃げる際にあれほど世話になっておきながら、泓絢国の虹霓教信者を放り出して戻れはしなかった。

なにより、怖かったのだ。

仲間の神官の九割以上は殺された。いまさらおめおめ帰国などできはしない。修才邏に残り、戦い抜いた数少ない神官たちも、けっして自分たちを許しはしないだろう、と。

つぶやくように、檪博は言った。

「……天帝の、御心《みこころ》に感謝する。神は、御子《みこ》を修才邏に降虹《こうこう》させてくださったのだからな」

うなずくと、檪博はさらにつづける。

「いまの我が国の繁栄は、すべて御子と、現王のお陰だ」

江延は思い出し笑いを洩らした。

「弘絢、にも、噂、が、伝わって、きて、な。…みな、狂喜した、よ。虹髪《こうはつ》、虹瞳《こうどう》、の、お方など…」

「ああ。我々もだ。狂喜したよ。幼かった冴紗さまを見た瞬間、神官みなが涙を流したよ。聞くところによると冴紗さまは、皚慈王が斃された瞬間、弓を持って出現なさったらしい。──まさに、言い伝えのとおりにな」

たしかに『世を救うため、天帝がひとり子を下界にお降ろしになる際は、ご自身を表す聖弓を持たせて降虹させる』、という言い伝えは、何百年も前から巷間《こうかん》に広まっていた。

「さ、ぞかし……」

言いかけた先を、檪博が継いだ。

「ああ。さぞかし神々しく、感動的な場面であったろう。私もその場にいたかったよ。光を纏《まと》った虹の御子がご出現なさって、謀反兵たちも、そのあまりの気高さと畏れ多さに刃《やいば》を収めたと、その場で御子が、当時の羅剛皇子の前で膝をついておっしゃった、新王を寿《ことほ》ぐと、……まあ、話はだいぶ膨らんでいるとは思うが、大筋ではそんなあらましだったようだ。出現を間近で拝した者たちが、のちのち語りまわったからな」

江延ももちろん、その場にいたかったと思った。

燎博は独語するようにつけ加えた。

「虹髪虹瞳の御子など、過去一度も現れていない。あの宗教弾圧が、御子さまご降虹の布石になったのだと、神が我らを憐《あわ》れんで、ついに、真のお姿のご一子をお降ろしくださったのだと、我々はそう語り合ったものだ」

どちらも遠い目になった。

……御子の出現など、初めはただの流言だと思ったのだがな。

だが、ほんとうに神の御子が俢才邏にご降虹なさったとわかり、謁見が開始されると、泓絢の者も俢才邏へと渡り、大神殿へ参った。そしてじっさいに御子を見たという者が帰国すると、噂はあっという間に広がった。

この世のものとも思えぬ美麗なお姿の御子さまであられると。

御子のお姿を拝しただけで、足萎《あしな》えは立ち、目癈《めしい》は目を開け、耳癈《みみしい》は聞こえるようになる。御子は連日数々の奇跡を起こしている、と。

江延も、自分の命があるうちに御子を拝したいと願っていたが、まさか御子ご本人が泓絢まで迎えに来てくださるとは思わなかった。

あのときの感動はいまでも忘れられない。

「……そ、れ、で…」

言葉を発しようとして、もう声が出にくくなっていることに気づいた。

江延はわずかに苦笑した。

……おまえが予想外に訪ねてくるから、最後の力を振り絞ってしまったじゃないか。

古い友ともっと語り合っていたかったが、そろそろ逝かなければいけないようだ。

江延は心からの想いを込めて、唇を動かした。

来てくれてありがとう。最期におまえと会えてよかったよ。

「なんだ、気が早い。もう逝く気か?」

飄々としたふうを取り繕っているくせに、その声には聞き違えようもなく悲嘆が混ざっていた。

江延は笑った。もう唇を動かすのも難しい。

自分で決められるものでもないだろう?

「そう言うな。久方ぶりに会ったんだ。もう少々昔話でもしていけ」

無理だな。

様博は、一度唇を噛《か》み締め、笑い顔らしきものを作った。

「……そうか。逝くのなら、先に上がった連中に、よろしく伝えてくれ」

ああ。そうするよ。おまえはまだ下にいるんだろう？

「わたしか？　わたしはまだ上がるわけにはいかないよ。御子は、ようやくご成人なさったところだ」

心配することなどあるのか？　あのお方は神の御子であろうに？

獠博は嘆息した。

「いや。――人の子だ」

だからこそ、素晴らしいのだ。だからこそ、みながお支えしなければいけない。あの麗しきお方と、あのお方を愛し、あのお方に愛された、我が国の若き王を。

獠博はまだ語りつづけているようだったが、江延にはもう、その言葉は聞き取れなかった。

……自分は、この国の礎《いしずえ》の、ひとつくらいにはなれただろうか。

そうであれば、誇りに思う。

こうして、この国で、また神官服に身を包み、旧友に看取られながら、天帝の御許《みもと》へと向かえる。

良い人生だったよ。

先に逝った仲間たちに会うのが楽しみだ。

会えたら、苦労を愚痴り、それから神の御子をこの目で見られた幸せを自慢してやろう。

修才邏はいま、素晴らしい国になっている。

虹霓教は滅びなかった。

自分たちは、虹霓教を守り抜いたのだ。

もう、なにも思い残すことはない。

ほんとうに、最高の人生だった。そして、最高の、終わり方だ。

……………江延は、ゆっくりと、瞼を閉じた。

女官たちのこれから

Ⅰ　唐突な求婚

「おれ、おまえと所帯を持ちたい」

創蘊《そううん》は静梛《しずな》の手を取り、急にそんなことを言った。焼けた素肌が赤く見えるほど照れくさそうに。

「ほかの女は考えられないんだ。ずっと言い出したかったけど、なかなか言えなくてさ」

驚いたが、もちろん待ち望んでいた言葉だ。

静梛も即座に返事をしたかった。嬉《うれ》しい。私もよ、あなた以外は考えられないわと……

だが、言葉が口から出てこなかった。

……創蘊と所帯を持つなら、お勤めを辞めなければいけないわ……。

まずそう思ってしまったからだ。

静梛は花《はな》の宮《みや》務めの女官《じょかん》だった。

いま花の宮で働いているのは、静梛、瑞瑠《みずる》、怜悠《れいゆ》の三人の女官と、それから女官長だけ。

修才邏《いざいら》国の王妃殿下の住まわれる宮としては、あまりに少ない人数だが、それには事情があった。

妃殿下であられ、虹霓教《こうげいきよう》最高神官『聖虹使《せいこうし》』でもあられる冴紗《さしや》さまは、男性なのだ。

それだけではない。冴紗さまは、虹の髪虹の瞳という麗しきお姿に生まれたため、たいそうご苦労をなさってきた。

つねに人々に傅《かしず》かれ、敬われなければいけないご生活だ。

そのような、一瞬たりとも気が抜けないご境遇を鑑《かんが》み、冴紗さまを溺愛なさっている羅《ら》剛《ごう》王は、あえてちいさい居宮をお造りになった。

宮庭には冴紗さまの故郷の花を植え、女官たちも入れ替えせず、気心の知れた者たちだけを長く働かせた。

なにもかも、冴紗さまのためだ。

冴紗さまのお父さまもお母さまも、もういらっしゃらない。

天涯孤独の身である冴紗さまでも、『花の宮』にいるときだけは安らげるようにと、王はほんとうに細心の心配りをなさってきた。

花の宮には、主《あるじ》たちが使う部屋は四つしかない。冴紗さまの私室、居間と寝室、応接の間だけ。ほかには小作りの厨《くりや》と湯殿、厠《かわや》。

あとは、女官たちの住まう居室、女官たち用の厨、湯殿、厠なのだ。

ようするに、宮の三分の一ほどは、女官たちだけで占領しているのだ。

このような宮は、ほかにない。

返事をしない静梛を見て、創蘊は気弱に尋ねてくる。

「……なぁ、駄目か……?」

嘘《うそ》は言いたくなかった。

自分は花の宮の女官のなかでは年長だ。残りのふたり、瑞瑠も怜悠もまだ二十代半ば。

自分はもうすぐ三十路《みそじ》になる。

むろん、女官長はもっと上、六十過ぎだが、すでに子を産み育て、孫もいるという。

結婚をしていないのは、女官三人だけだ。

結婚はしたい。けれど、いまの職を辞めたくない、というのが静梛の偽りのない想《おも》いだった。

花の宮でのお給金は別格だ。本宮《ほんみや》の女官たちの十倍は貰《もら》っているだろう。

それだけではなく、待遇も別格だ。

基本的に、修才邐王宮で働く者たち、女官や下働きの下女、下男は、本宮内に居室を与えられている。

格によって、二人部屋から七人部屋まで。しかし、ひとり部屋が与えられることは、よほど格上の者以外ありえない。

それが、花の宮では、四人全員が個室を与えられている。さらには、わざわざ本宮に行かずに済むように、四人だけのための厨、厠、湯殿まで造られている。

これは、本宮の者たちにはだれにも言っていない話だ。

給金の件もあるが、花の宮の女官たちの特別待遇は、本宮、西の宮などの、他の宮仕えの女官たちにひどく羨ましがられ、妬《ねた》まれているからだ。

……でも、お給金や待遇だけの問題ではないのよ。

冴紗さまのおそばを離れたくない。

本当はそれがもっとも強い思いだった。

あの儚《はかな》げでお優しいお方のそばで、生涯仕えていたい。

苦労ばかりなさってきた冴紗さまに、しばしのあいだでも寛《くつろ》げるときを作ってさしあげたい。

国内外で恐れられている羅剛王の素のお姿も、じつは静㮈《しずな》たちは大好きだった。口ではきついことを言っても、冴紗さまを溺愛し、女官たちにも偉ぶることなく接してくださる。

静㮈は、おふたりをお護《まも》りしたかった。

そして、もう姉妹のようになってしまっている瑞瑠と怜悠、それから母のように慕っている女官長のそばを、離れたくない。

創蘊《そうえん》のことは、確かに愛している。所帯を持つなら、この人以外いないと思っている。

だが、結婚するとなったら、この幸せな職を辞さなければいけない。

静榔は唇を噛み締めて、うつむいた。

「……ごめんなさい。もう少し考えさせて」

「ああ」

創蘊にも、花の宮内の詳しい話はしていない。

王と王妃の普段の生活は、だれにも語ってはいけないと、花の宮の女官たちはみな思っていたからだ。


花の宮のまわりは、ひじょうに高い塀で囲われている。

修才邏王宮は、二重の城壁に守られているのだが、本来敵など入れるはずもないその内壁のなかで、さらに高い塀を作り、本宮との渡り廊下の両端にも衛兵を立たせている。

つまり実質、花の宮に足を踏み入れられるのは、羅剛王と冴紗さま、花の宮の女官たちだけなのだ。

冴紗さまは二日置きに、花の宮へ戻っていらっしゃる。

その際は、王も花の宮で過ごされる。

以前は、冴紗さまがいらっしゃらない際は、王は本宮のほうでお過ごしだったのだが、近頃はかなりの頻度で花の宮にいらっしゃる。

あれから静榔は悩みつづけていた。

……所帯を持つべきかしら……？

子供も欲しい。好きな人との暮らしも憧れる。

けれど、王宮外で住むことになったら？

創蘊の職、衛兵ならば、勤務時間が終われば帰宅できるが、花の宮の女官は、いつ王や冴紗さまがお戻りでも対応できるよう、つねに常駐しなければいけないのだ。

「どうかなさいました？　お元気がないようですけれど？」

優しいお声で尋ねられ、静椰ははっとした。

宮の主である冴紗さまに心配をおかけするとは、女官失格だ。

「……いえ。…申し訳ありません。ちょっと考え事をしていただけですので」

それでも冴紗さまは、静椰の顔を覗《のぞ》き込んで、

「ですが、お顔の色が悪いようなので、少々心配いたしております」

感動で言葉もなかった。

自分はただの女官である。

対して、冴紗さまは、この国の王妃さまであられるうえに、世の最高位、聖虹使さまでもあられるのだ。

なのに、冴紗さまの物言いは、つねに丁寧で、下々の者たちをすら立ててくださる。

このような素晴らしいお方と離れたくない。

言葉に詰まってしまった静梛を見て、冴紗さまは重ねて問いかけてくださった。

「なにか、あったのですね？　どうか、おっしゃってくださいな？　わたしでも、なにかのお役に立てるかもしれません」

そこまで言われて、隠しとおせなくなった。

瑞瑠《みずる》と怜悠《れいゆ》も、話を聞きつけたのか、寄ってきた。

「ええ。私たちも心配していたのよ」

「ここしばらく様子がおかしかったもの。ぜったい、なにかあったでしょう？　言ってちょうだいよ、水臭い」

みなに取り囲まれ、問いかけられ、しかたなく静梛は語り出した。

「……所帯を持たないかと、言われたんです」

瑞瑠は、はしゃいだ声で尋ねてきた。

「ええっ？　前に言っていた恋人から求婚されたのっ？」

怜悠も明るい声を上げた。

「素敵！　なぜ早く言ってくれなかったのよ？　…やだ、羨ましいわ！」

冴紗さまも、にっこりと笑んでいる。

「よかった。おめでたいお話だったのですね。ですが、なにをお悩みなのですか？　たいそう嬉しいお話ではありませんか」

全員の顔が輝いていた。もちろん普通に考えれば喜ばしい話なのだから当然だが、静梛は複雑な気分になった。

静梛は、もごもごと答えた。

「……でも、私、この宮を離れたくなくて……」

みなが一瞬で固まった。

そこに、――王が入ってこられた。

次の瞬間、冴紗さまは立ち上がり、羅剛王のもとまで駆けていき、

「羅剛さま！　たいへんでございます！」

血相を変えている冴紗さまを見て、王は驚いて抱きとめる。

「どうした？　なにがあった？」

「静梛さまが、ご結婚なさるそうなのです！」

王は怪訝《けげん》そうな顔になる。

「そうか。めでたいことではないか。それのなにがたいへんなのだ？　なにか不都合でもあるのか？」

瑞瑠、怜悠が、口を揃《そろ》えて説明した。

「花の宮の女官ができなくなります！」

王の顔色も変わった。

「それは困る。……わけを申せ」

詰め寄られて、静梛のほうが困惑してしまった。まさかここまでおおごとになるとは思っていなかった。

「花の宮の女官は、独身の者ばかりですし、結婚したら、この宮には住めませんし……」

王は詰め寄ってくる。

「なぜだ？　相手の男が嫌がっておるのか？」

「嫌がっているわけではありませんけれど」

「ならば、なぜだ？」

ほんに察しの悪いお方だと、少々怒りさえ湧いてきた。

「決まりでございましょうに」

「決まり？　なにがだ？　俺は王だぞ？　決まりなど、俺が決めるものだ。――ところで、相手の男はなにをしておるのだ」

「本宮の衛兵でございます」

王は首をかしげた。

「ならば、ともに王宮勤務ではないか。なんの問題がある？　言うている意味がわからぬ」

話の嚙《か》み合わなさに苛立《いらだ》ってきた。つい荒い口調で返してしまった。

「ですから！　結婚したら、花の宮で住まうわけにはまいりませんでしょう、と、そう申しております！　王さまも、いついらっしゃるかわかりませんし、冴紗さまのお戻りは二日置きといっても、その間、庭の花々の手入れやら、あれこれ雑事がございますし、王宮外に住居を持っていては、なにかあった際に間に合いません！　…王さま、ご自身は飛竜や走竜《そうりゅう》で移動なさるから、ご存じないのかもしれませんが、城門から入って、二重の城壁を越えて、さらにこの花の宮までやってくるのに、どれほど時間がかかるかわかります？　かるく二刻はかかるんですよ？」

一国の王に対する物言いではないとわかっているが、辞めたくないのに責められて、静梛は半ぎれ状態だった。

ところが。王はけろっとして言い返してきたのだ。

「住まいなど、新たに建ててやるわ」

「……え……？」

「そのようなことで思い悩んでおったのか？　――何度も何度も言わねばわからんのか？　俺はこの国の王だぞ？　おまえらが厭でないなら、花の宮のすぐそばに、住まう場を作ってやる。ほかの者も、そうだ。これから先、想う男が現れて、所帯を持ちたいというのなら、花の宮のすぐそばに住め。そこで、子を産み育てればいい」

驚きのあまり一瞬ぽかんと口を開け、そのあと、責める口調で言っていた。

「なにをおっしゃってるんですか！　私どもは、一介の女官でございます！　そこまでしていただいては、かえって困ります！」

王は不愉快そうに顔を顰《しか》めた。

「うるさい！　おまえらの思惑など知るか！　俺としては、花の宮から、おまえらがいなくなられるほうが困るのだ！　冴紗はおまえらに懐いておるのだぞ？　人に慣れぬ冴紗が、心を開くまでに、どれほどかかったか、忘れてはおるまい？　…新たな女官など使ったら、また冴紗が苦労せねばならぬではないか」

そうだった。この方は、冴紗さまのためならなんでもなさるのだと思い出した。傲慢なようでいて、羅剛王はたいそう愛情深いお方だ。

ふてくされぎみに王はつづける。

「それに、――俺も、おまえらがいなくなっては困る。おまえらほど俺に対して好き勝手に物を言う者などおらぬからの。…俺は、国王に媚《こ》び諂《へつら》うような者は、好かんのだ。おまえらくらい自由に物を言うてくれねば、信頼できぬ」

嬉しすぎる言葉だが、それでも静榔はもごもご反論した。

「ですけど、……いままでも、他の宮務めの女官から嫌味を言われているんです。もちろん、お給金のことなどは口外しておりませんけど、花の宮では比較的自由に働けますし、他の宮から見たら、とても楽そうに見えているらしくて」

王は腕を組み、ぶすっと言い返してくる。

「勝手に言わせておけ。おまえらは別格なのだ。滞りなく、王と王妃の世話ができるのだからな。扱いがちがうのは当然だ」

「当然、とおっしゃられても……」

「厭なら給金の額を下げてやる。おまえらの希望に沿うてやる。なんでも言え。——とにかく、辞めることだけは許さん。…それとも、この宮務めが厭だと申すのか?」

半分恫喝《どうかつ》のような問いに、

「まさか! 滅相もありません! 辞めたいわけがないじゃないですか! 一生、お勤めできれば、それがいちばん嬉しいに決まってます!」

思わず本音を吐いてしまって、静椰がおろおろしていると、王は、瑞瑠と怜悠、さらには女官長に向かっても、話を振った。

「よい機会だ。おまえらも、所帯を持ちたい男がいるなら連れてこい。国に残した家族とともに暮らしたいというなら、呼び寄せろ。その者たちの働き先がないというなら、王宮内でなにかしらの職に就けるように考えてやる」

瑞瑠と怜悠は顔を見合わせ、声をひそめてこそこそ語り合っている。

もしかしたら彼女たちも、恋人がいるのかもしれない。

王は声を荒らげた。

「さっさと申せ! 相手がいるのかいないのか。すぐに結婚ではなくても、おまえらのためなら住処《すみか》を作ってやる。俺が短気なのは知っておるだろう？」

王の怒声を浴びても、さすがに女官長は顔色ひとつ変えず、答えた。

「そこまでおっしゃるならば」

と前置きしてから、

「わたくしの孫娘のひとりが、先年学舎を出まして、よい職に就けずに困っております。花の宮で見習い女官として使ってやってくださいませんか」

羅剛王はわかりやすく破顔した。

「おお！　それはよい考えだ。俺もつねづね、おまえらには休みも与えず無理をさせておると思うておった。新たな女官候補がおるのなら、すぐにでも連れてこい」

「わたくしの夫も、呼び寄せてかまいませんか？　どうも足腰が弱ってきたようなのでございます。働き口もございません。幸い草花に関しては詳しいので、庭師にでもさせてやりとうございます」

「そうか。花の宮勤めのため、おまえら夫婦を別居させておったわけだな。…すまぬな。夫にはそれなりの謝罪をしよう。むろん、住居を建ててやるゆえ…」

そこで冴紗さまが、小声で王に耳打ちをなさった。

「……羅剛さま。それはよいお考えでございますが、…まずは、同居なさる方々へのご連絡と、どのような住まいがよろしいか、ご相談をなさらなくては」

うむ、うむ、と、王は、冴紗さまのお言葉ならなんでも嬉しそうにお聞きになる。

「では、話を詰めるぞ。みな早速、郷《さと》に書簡を送れ」

静梛に向かっては、声を荒らげ、

「おまえ！　なにをぐずぐずしておる！　とっととおまえの男を呼んでこい！　住居の間取りを決めねばならぬのだ。間取りが決まらねば、建てられん」

予想外の展開にあたふたしていると、王はにやりと笑ってつけ加えた。

「いや、――まずは、めでたいと、俺が言うておったと男に伝えろ。式がしたければ、盛大な式を挙げてやろう。なにしろ冴紗の誕生祭も、立聖虹使の儀も行わぬと決まったゆえな。支度をするはずであった者たちは、暇を持て余しておるようだからの」

王は、ひじょうにありがたい案をつぎつぎ出してくださる。

静梛はどういう表情を作ればいいのかわからず、王を見つめ返してしまった。

胸のなかは、喜びと感謝の想いでぐちゃぐちゃだ。

……もう！　これだから、花の宮を辞めたくないんですよ！

私たち、冴紗さまが大好きですけど、じつは王さまも大好きなんですよ！　すごく不本意なんですけどね！

いつかそう怒鳴ってやろうと思いながら、静梛はこっそり涙を拭った。

冴紗の、亡き父母たちの話

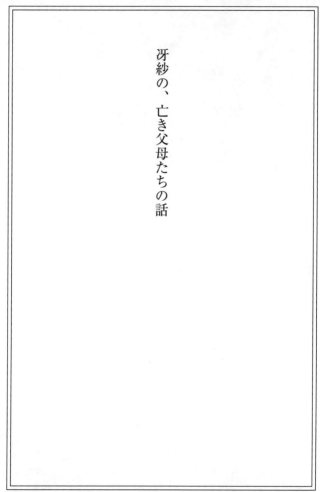

I　民からの直訴状《じきそ》

毎朝恒例の、会議の席である。

冴紗《さしゃ》が大神殿に行っているため、玉座には羅剛《らごう》ひとりであった。

場には緊張感が漂っていた。冴紗が出席している際は比較的穏やかであるが、羅剛だけの日は臣へのあたりが厳しい。それをみなわかっているのだろう。

各省の報告のあと、伝書係ふたりが立ち上がった。

手には書簡を数枚持っている。

先日の一件以来、各地の神殿にはできうるかぎり小竜を配置した。

民には、些末《さまつ》なことでもよい、政《まつりごと》への不満でもよい、上に伝えたいことがあれば書きつけて小竜を飛ばせと触れを出した。

羅剛は幅広く民からの声を汲《く》み上げようと思ったのだ。

初めは、そのような畏れ多いことは、と月に一通二通届くだけであったが、いまでは週に一通はなにかしらの報告がある。

意外なことに、それは国策に有益な情報ばかりであったため、羅剛はあの娼婦《しょうふ》らに心底感謝していた。いつもながらたいそうよい働きをする者たちであると。

「では、昨日届いた言上書《ごんじょう》によりますと、――先週、西部、鋳句岔《いくた》村で盗賊が現れたということです」

羅剛は、ぎろりと藍省《あいしょう》大臣に視線をやった。

藍省は、罪を犯した者の処置、処分を司《つかさど》る省である。

「あのあたりは、無頼者《ぶらいもの》が多いようだな」

藍省大臣は身を縮こまらせるようにして頭を下げた。

「申し訳ないことでございます。わたくしの不徳の致すところで…」

「俺にいちいち謝るな。早急に役人をまわせ。なんなら、赤省《せきしょう》から兵を駆り出せ。我が国で盗賊行為など、けっして許すな」

「は、はい。仰せのままに」

「次！　さっさと読み上げろ」

いくつかの言上を読み上げさせ、即座に羅剛は各省に差配した。

国王としての労務は膨大だ。ぐずぐずしていたら寝る間もなくなる。

最後に、と伝書係は、なにやら言いにくそうに一枚の言上書を読み始めた。

「これは、……まことかどうか、…王にお報《しら》せするべきかどうか迷ったのですが……王妃殿下の、ご両親を知っているという者から…」

がたんと椅子を蹴って立ち上がっていた。

「なんだとっ？」

羅剛が怒ったと勘違いしたらしい。若い伝書係は怯《おび》えたように話すのをやめてしまった。

しかたなく席に着き直し、羅剛は先を促した。

「それで？　なんだというのだ？」

「……はい。できれば王妃殿下と一度お会いしたく、と…」

けっきょく堪えきれなくなり、ふたたび椅子を蹴り、伝書係のもとまで歩み寄り、言上書をひったくった。

「かせ！」

読み終え、羅剛は唸《うな》ってしまった。

……記されているこの地は、冴紗の育った森に近い。

書いたのはどうも老夫婦らしい。そしてそこには冴紗と自分しか知らぬはずのことがいくつか書かれていた。

直感した。これは本物だ。

冴紗の両親は早くに亡くなっている。親族もいない。冴紗は天涯孤独の身の上なのだ。

……この老夫婦に会わねばならぬな。

そののち、危険を及ぼさぬ者だとわかれば、冴紗にも会わせてやりたかった。

会議は早々に終え、去り際の永均《えいきん》に声をかけた。

「ついてまいれ」

どこへ、と尋ね返すことはせず、永均は「は」とひとことで返してきた。


永均とふたり飛竜を飛ばし、言上書にあった中神殿の、庭先へと降りる。

泡を食った様子で壮年の神官が駆け出してきた。

飛竜を間近で見ると、たいがいの者は腰が抜けたようになってしまうが、その神官も同様であった。怯えた様子で、がたがた震えている。

……さすがに驚くか。それも、俺の竜と、永均の竜は、別格で大きいからな。

「王さま、…それに、騎士団長さま……」

各省の大臣は、省名を表す色の外套《がいとう》を身に着けている。赤色の外套を羽織り飛竜に乗る者は、赤省大臣、別名竜騎士団長だけなのだ。

赤省の大臣、永均も、民たちからは畏怖の目で見られているようだ。

神官の怯えが治まるまで待ってはいられぬので、羅剛は、ぶっきらぼうに言上書を差し出した。

「これを送ってきたのは、おまえか？」

震える手を差し出し、受け取り、なかを確認したあと、神官はこくこくとうなずいた。

「はい。私どもがお送りいたしました。畏れ多いとは思ったのですが、この者たちが申していることは真実のようでしたので」

「ああ。真実だ。俺もそう思うゆえ——この者たちを呼べ。俺がまず話を聞く」

命ぜられた内容が頭に沁《し》みこむまで、しばし間がかかったようだが、

「……は、はい。すぐに！」

それから若い神官たちを呼び、その者たちが、また飛竜や羅剛、永均を見て怯え、…の、ひとしきりの面倒くさい騒動のあと、なんとか神官たちは肝心の老夫婦を呼びに行ったようだ。

一刻ほどののち、老夫婦を伴って戻ってきた。

老夫婦もまたこちらの一行を見て、固まってしまっている。

さすがに嘆息した。

「俺たちや飛竜を見て、恐れるのはしかたないがな、こちらは急いでおるのだ。疾《と》く答えよ。——おまえらは、冴紗の両親を知っておるそうだな？」

老夫婦は顔を見合わせ、顔を引《ひ》き攣《つ》ったような表情で頭を下げた。

「……は、…はい。存じております」

「これまで、ただのひとりもそのようなことを申す者は現れなかった。冴紗と両親は、深

い森のなかに隠れ住んでいたという話であったが？　なにゆえ、知っておる？」

妻のほうが多少豪胆な性格だったらしい。

震える声であったが答えた。

「あの、……わざわざ、王さま御みずからいらしてくださるとは思っておりませんで、たいへん驚いておりますが、……あたしらも、ですね、…そろそろ天帝さまのところに行く歳《とし》になりましたもんで、生きているうちに、王妃さまにお伝えしておこうと思いまして。……いえ、あの、お触れが出ましたもんでね。神殿も近場にできましたし…」

「ああ、神殿は、妃《きさき》の頼みで各地に建立しておる。役に立っておるようで、こちらも満足しておる」

老女はぺこぺこと頭を下げつつ、

「ええ。みんな大喜びしてますよ。あたしら庶民の声を聞いてくださるなんて、なんて素晴らしい王さま、王妃さまなんだろうってね」

羅剛はいらいらと急《せ》かした。

「ああ、その話はもうよい。して、冴紗の父母とは、どのような知己《ちき》であったのだ？」

それには老爺《ろうや》のほうが答えた。

「はい。うちらは、呵赳《かきゆう》さんと熠栄《ゆうえい》さんの親代わりでした。うちは、村でちいさな洋裁店をやっておりまして、熠栄さんは、うちで働いてくれるお針子だったんです」

羅剛は、うむとうなずいた。

「母御《ははご》が針子であったことは、冴紗から聞いておる。おまえらは、本当に冴紗の両親を知っておるようだな」

妻のほうは揉《も》み手で答える。

「はい、もちろんでございますよ。砢趆さんと熠栄ちゃんは、どちらも親がいなかったし、あたしらは子がいないし、ってことで、こっちとしては、親代わりみたいな気分だったんですよ。熠栄ちゃんが子を産むときにも、あたしが取り上げましたしね」

もう疑う必要もない。冴紗本人を連れてきても問題はなかろう。この老夫婦に邪念はなさそうだ。

羅剛は端的に話を振った。

「それくらいでよい。納得した。おまえらは真実、冴紗の両親を知っておる者のようだ。――二日後の、この刻に、この神殿にふたたび来られるか？　来られるならば、その際、冴紗に会わせてやろう」

老夫婦は驚きの声を上げた。

「えっ？　冴紗ちゃんに会わしてもらえるんですかっ？」

「あんなに偉くなっちまったのに、わしらなんぞに会ってくれますかね？」

羅剛は、むっとして言い返した。

「我が妃は、偉くなどなってはおらぬ。……いや、偉ぶることなどけっしてせぬ、心清き者であるゆえな」


冴紗には簡単にことのあらましを伝え、二日後に連れ出した。

衣装は、聖虹使《せいこうし》の出で立《い》ちにさせた《た》。そのほうが冴紗も語りやすいと思ったからだ。ただ仮面は着けさせなかった。

老夫婦も、咎《とが》められることを覚悟して言上してきたであろうから、これ以上怯えさせぬように、だ。

飛竜を降ろす前から、老夫婦は神殿前で空を仰いでいた。

刻は緑司《りょくし》。陽《ひ》は高い。

地からは、まさしく虹の煌《きら》めきが降りてきたように見えたであろう。

飛竜から抱き下ろした冴紗は、戸惑いがちに老夫婦のもとへと歩み寄る。

老夫婦のほうは、冴紗の姿を見て、見る見る瞳に涙を溜《た》める。

「……冴紗ちゃん……」

「ほんとに、冴紗ちゃんなんだね……？」

普通に考えれば身のほど知らずな呼びかけではあったが、羅剛は止めなかった。

「……ああ……こんなに大きく、立派になって……」

手を差し伸べてきても、冴紗は動けない様子だ。

老夫婦にしてみれば、昔取り上げた赤子の成長した姿であろうが、冴紗にとっては初対面の人間だ。

「……あの、……お初にお目にかかる、…わけではないのですね？　わたしの生まれた際のことをご存じ、とか」

「ああ、ああ。知ってるともさ。あたしが産婆代わりに取り上げたんだからね。虹髪虹瞳《こうはつこうどう》の赤子を見て、みんな仰天したもんだよ」

「それで？　冴紗ちゃん、砌赳さんと熠栄さんは？　元気で暮らしてるのかい？」

老爺の質問に、ぎくりと、冴紗の動きが止まる。

しまったと思った。この老夫婦は、冴紗の両親の最期を知らぬのだ。

出張りすぎかと思ったが、冴紗に語らせるには忍びず、羅剛は告げた。

「言うておらなんだが、──冴紗の両親は、早世してしまったのだ。母御は病気で、父御《ちちご》は、謀反の際、俺と父を庇《かば》って亡《な》くなった。見事な最期であった」

言葉を失くした様子で、老夫婦は口を手で押さえた。

「……そうだったのかい」

「じゃあ、……砌赳さんは、真名《まな》のとおりの…」

冴紗が驚いたように尋ねる。

「父さんの真名をご存じなのですかっ？」

老婆がうなずく。

「……あ、…ああ。うちら、ふたりの親代わりだったからね。どちらも真名を教えてくれたよ」

羅剛も驚いた。冴紗に尋ねてみる。

「おまえは、父母より聞いてはおらぬのか？」

尋ねておいて、理解した。普通、子は親の真名を聞かせてはもらえぬのだ。羅剛とて、父、皚慈の真名は知らされていない。

「教えてもらうか、冴紗？」

「……はい。よろしければ」

冴紗はすでに涙ぐんでいる。

想《おも》いは察せられた。胸に父母の思い出が湧いているのであろう。

老婆は、こほんと一度空咳《からぜき》をしてから、

「じゃあ言うけど、――砢赳さんの真名は、『王に尽くす忠臣』、熠栄ちゃんの真名は、『正しき道を歩む者』だって言ってた」

冴紗だけではなく、羅剛もまた感嘆の声を上げていた。

「そうか。まさしく、そのとおりの人生を歩んだのだな。ふたりとも」

「……はい。そのとおりの人生であったと思います。わたしも」

もう涙を堪《こら》えきれなくなったのだろう。冴紗は指で目元を押さえている。

その後、神殿内にて、冴紗と老夫婦は亡き父母話に花を咲かせた。

老夫婦は嬉々《きき》として語った。

冴紗の父がどれほど妻を愛していたか。身体《からだ》の弱い妻のため、長年の夢であった王の近衛兵となることをあきらめ、地方衛士《えじ》になったこと。

妻もまた夫を愛し、細々と針子の職で金子《きんす》を得ていたこと。

子を授かった際は、命がけで産んだ。しかし虹髪虹瞳の赤子を人に見せるわけにもいかず、夫婦は山をいくつも越えて、盲目の星予見《ほしよみ》まで会いに行き、そこで真名を授けてもらった。自分たちはけっして他言しないと口を極めて言ったが、迷惑がかかるといけないと、夫婦は子を連れて去ってしまった。生活の費用は、視《み》てくれた星予見が宝物を恵んでくれたので、それで賄うと言っていた、と……語りは一刻ちかくつづいた。

冴紗は幾度もうなずきつつ、真剣に聞き入っていた。

老夫婦の口調は、徐々にくだけたものとなっていったが、語る話は冴紗がもっとも聞きたかった話であろうから、羅剛もあえて制したりはせず黙って聞いていた。

「そうだ。忘れるところだったよ」

唐突に、老婆は持ってきていた包みを探り、なにやら取り出した。

広げて見せたのは、半立《りゅう》四方ほどの壁飾りであった。

冴紗も羅剛も声を上げた。

「まあ！　なんと美しい！」

「おお、見事な手だな！　王宮の針子でも、そこまで繊細な刺繍《ししゅう》を施せる者はいないくらいだぞ」

老婆は自分が褒められたかのように、満面の笑みを浮かべた。

「そうでしょう、そうでしょう？　これは、熠栄ちゃんの手なんですよ。熠栄ちゃんは、あたしらに、最後のお別れにってこれを作ってくれたんです。でも、これは、冴紗ちゃんが持っていたほうがいいと思ってね。…ほら、持っておいき、冴紗ちゃん」

「いいんですか」

「ああ、ああ。あたしらが持ってるより、ひとり息子の冴紗ちゃんが持ってるほうが、熠栄ちゃんも喜ぶだろうさ」

受け取りつつ、冴紗は涙が溢《あふ》れて止まらぬようだった。

「……はい。ありがとうございます。…じつは、王宮へ出立する際、旅費を作るために家のなかの物は売り払ってしまったので、……持ってこられたのは、父の作ってくれた弓矢一張《ひとはり》だけでした」

たしかに、初めて会った際、冴紗はそれしか持っていなかった。

その後、父母の描かれた姿絵だけは家から持ち出せたようだが、ほんとうにそれだけだ。

父母を忍ぶ縁になるようなものは、なにもなかった。

ひととおり語り終えたのか、老夫婦は涙に咽《むせ》び始めた。

「……よかったよ。ほんとにさ。あんた、偉くなっちまったし、もう一生話す機会もないだろうってあきらめてたからさ」

老爺も目頭を押さえつつ、

「わしら、砢跩と熠栄に会ったら、偉かったねって褒めとくよ。あんたら頑張ったね、ってな。あんたの息子は立派に育って、国の王さまに見初められて、幸せに暮らしてるから、安心しなって、言っておくよ」

「すごくいい王妃さまやってるよ、って、聖虹使さまにもなったんだよ、って言ったら、ふたりとも喜ぶよ。…ほんとによかったよ。幸せそうでさ、…あんたが生まれたときは、心臓止まりそうになるほど魂消《たまげ》たけどさ、……うん、ほんとにね、よかったよかった」

涙ながらに、よかったよかったを繰り返す老夫婦を見やりつつ、羅剛はそこで気づいたのだ。

そういえば、この老夫婦は、冴紗の容姿も衣装も、ひとことも褒めてはいないということに。

……普通の者なら、目が眩《くら》んでもおかしくはないのだがな。

この者たちは、追従《ついしょう》すらひとことも吐かぬ。金品を乞うこともいっさいせぬ。

そうか。冴紗の両親は、こういう者たちと知己であったのだな、と心に沁み込むように納得した。

羅剛は心中で噛《か》み締めるように、さきほど聞いた冴紗の両親の真名を想った。

父は、『王に尽くす忠臣』。母は、『正しき道を歩む者』。

……よい真名であるな。

うむ。まことによい真名だ。

そういうふたりだからこそ、子の冴紗がこれほど清らかに育ったのであろう。

この者たちと冴紗が望むなら、また会う機会を作ってやろう。

「……冴紗の両親の親代わりなら、冴紗から見れば、祖父母のようなものだからの」

羅剛はそうひとりごち、三人の語らう姿をいつまでも眺めていた。

ふたりだけの生誕祭

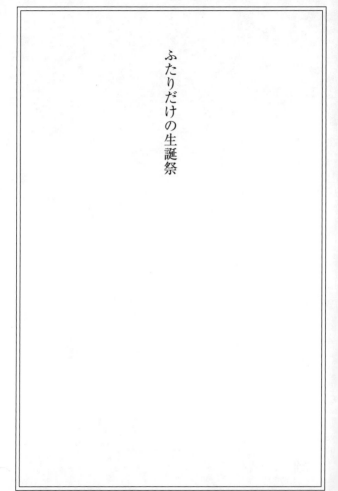

I　羅剛の悩み事

花《はな》の宮《みや》である。

羅剛《らごう》は自堕落に足を投げ出し、長椅子に横たわっていた。

緑司紫刻《りょくししこく》から国内の視察、橙司紫刻《とうししこく》から他国の使者との会談、…と予定は刻ごとに細かく詰まっている。しかしわずかでも暇ができると、羅剛は花の宮へとやってきた。

冴紗《さしゃ》は大神殿に行っているのだが、やはり花の宮は居心地がよいのだ。

「いやですわねぇ、王さま。だらしのうございますわよ？」

「申し訳ありませんけれど、そのような恰好《かっこう》でだらだらと寝転がっていられると、お掃除の邪魔ですわ。王さま、冴紗さまとちがって、図体《ずうたい》が大きゅうございますから」

通りすがりに、女官《じょかん》たちは悪態をついていく。

「うるさいのう。すぐに政務に戻るわ。…ほんにおまえらは、自国の王に対して少しは敬意というを示せぬのか？」

そうは言いつつも、自分を恐れていない女官たちの軽口は心地よい。

他の家臣たちは、羅剛がひと睨《にら》みするだけで、震え上がってしまうからだ。

「ところでな、冴紗には言えぬことなのだが、――じつは俺は少々不満に思うておるのだ。立聖虹使《りっせいこうし》の祝祭は取りやめた。生誕祭も取りやめた。…だが本音を言えば、冴紗の成人くらいは祝うてやりたいのだ。聖虹使のほうは、祝いたくもないがな」

寝室の敷布を替えたりと、ぱたぱたと忙《せわ》しなく立ち働きながら、女官は聞いているのだかいないのだか、心の籠もらぬおざなりな言葉を返してきた。

「まぁまぁ。それは、たしかに冴紗さまには言えないお話ですわねぇ」

「そうであろう？」

「ですけど、おっしゃっては駄目ですよ、王さま？　冴紗さまがお悲しみになりましょうから」

他の女官も、長椅子のそばを嫌がらせのように足音高く通り過ぎながら、話に加わる。そちらも茶化すがごとき口ぶりだ。

「王さまだけではありませんわよ。本音を申せば、みなそう思っておりますわ。どれほど費用がかかっても、冴紗さまの晴れの舞台を大々的に祝いたかったですし、けれど、慈愛のお心の強い冴紗さまが、それをおつらく思われてしまうのもわかりますし。……ほんに、痛し痒《かゆ》しでございますわね」

羅剛は、我が意を得たりとばかり、がばっと身を起こし、言い募った。

「そうだ！　まさしく、痛し痒しなのだ。――修才邏《いざいら》は潤っておるし、少しくらい金がかかっても、問題はないのだ。だが、本人が嫌がっておることを無理強いもできぬ。…冴紗は本来、着飾ることも身を誇ることも、好まぬたちであるからのう」

愚痴のようにつけ加えた。

「……それに、どれほど言うても、あれは、いまだおのれが醜いと思い込んでおるようだしな……」

洗い終わりの敷布を、どさっと卓の上に置き、女官が応えた。

「まったくでございます！　ほんに、信じられませんわ。あれほどお美しいのに、冴紗さまは、ご自身のお姿を厭《いと》うてらっしゃるご様子なのですわ！」

冴紗の話とあって、女官たちはおのおの仕事を放り出すようにして、つぎつぎと話に加わってきた。

「やっぱり、そう思いまして？」

「ええ、ええ。じつは私、冴紗さまのお言葉を聞いたことがありますの。他の方とちがいすぎるご容姿がつらいようなことをおっしゃっておられましたわ。――もちろん、私、全力で否定しましたけれど！」

「私も聞いたことがありますわ。ですけど、否定しますわよ、だれだって！」

集まって、姦《かしま》しく語り出してしまった女官たちをかるく睨みつつ、羅剛は話を進めた。

「おまえらも聞いておるのか。ならば、俺だけに言うておるのではないのだな。…まあ、冴紗が妙に卑屈なのは、昔からなのだが、……まこと、あれの自己評価の低さは、こちらも辟易《へきえき》するほどだ」

偽らざる本音であったため、女官たちも苦笑している。

「王さま、そこまでおっしゃっては、冴紗さまがお気の毒ですわ」

「あの、ご自身を誇らぬ清き心根も、冴紗さまのお美しさのひとつでございますし」

「ああ。わかっておるがな。――だから俺は、冴紗の望みを聞いて、神殿は建立しておる。民への施しも増やしておる。それには満足してくれているようだが、……冴紗は、おのれ自身の欲しいものを言わぬのだ。ほんに、なにひとつ、だ。…揚げ菓子も食わせてしまったしのう。絡繰《からく》り人形を欲しがっておったが、あのようなものひとつばかりを誕生祝いにするのもなんだし、……俺には、冴紗のめでたい成人の祝いに、なにを贈ればよいのか、まったく見当もつかぬのだ」

みなで騒いでいるのに気づいた様子で、奥から女官長まで出てきた。

「あらあら、みなさん。仕事を放り出して。語り合う声が、女官部屋まで聞こえてきましたよ？」

羅剛は、ぶすっと言い返した。

「語り合うことのなにが悪い？　今宵《こよい》は冴紗が戻らぬのだぞ？　敷布を替えることなどよ

り、誕生祝いの話のほうがよほど重要だ」

　女官長はくすくすと笑う。

「たしかに、それは、なによりも優先しなければいけないお話ですわね」

「そうであろう？　ならば、なにかよい案はないか？　もう俺は、思いついたものはすべて贈ってしまっておるのだ」

　尋ねると、女官長はしばし考え込み、

「……そうですね。とくに奇をてらったものではなく、王さまのお気に召すものでよろしいのでは？　冴紗さまは、それがもっとも嬉《うれ》しいと思いますが？」

　羅剛は不貞腐れぎみに返した。

「俺の気に入るものなど贈っても、しかたないではないか。冴紗はむろん喜ぶであろうが、それでは駄目なのだ。冴紗本人が、心から望むもの、望むことを、叶《かな》えてやらねば」

　女官長は、穏やかではあるが、諭すように言った。

「ご無理をおっしゃってはいけませんわ。冴紗さまは、望みなど持たれたこともないのではございませんか？」

「どういうことだ？」

「人は、自分の生きてきた世界しかわかりません。空を見たことがない者は、空を想像することすらできません。海を見たことがない者は、見渡すかぎり水のある場所など、嘘《うそ》の話と思うでしょう」

胸を衝《つ》かれた。なるほど、一理ある話だ。

「では、冴紗の生きて、見てきた世界のなかで、冴紗が喜ぶこと、嬉しいことを探さねばならぬ、というわけだな？」

冴紗は、生まれたときから深い山奥で隠れ住む生活だったという。

そのなかでの喜びはなんだったのか。

なにを楽しみ、なにに幸せを感じていたのか。

さらには、いまの生活のなかで、冴紗はなにを望んでいるのか。なにを欲しがっているのか。

唸《うな》りつつ思案していた羅剛であったが、ふいに思いつき、声を上げてしまった。

「しまった！　失念しておったわ！　俺は、冴紗の母御《ははご》の墓をまだ移転させておらぬではないか！」

女官たちが馬鹿にしたように鼻を鳴らした。

「いやですわ。本当ですの？」

「王さまともあろうものが、冴紗さまのご用事を失念なさるなんて」

羅剛も自分を嗤《わら》った。

「まったくだ。父御《ちちご》とともに眠らせてやると約束したのに、……あれは、何か月前であったかのう。…いや、むろん、墓の準備はさせておるが、肝心の、母御を掘り出す作業がまだなのだ」

女官長が女官たちを窘《たしな》めた。

「これこれ。そのように王さまを責めてはいけませんよ。おふた方ともお忙しかったのですから、無理からぬ話ですわ」

羅剛のほうには、笑んで言う。

「ですけれど、——それならば、母上さまのお墓の移転を、お祝い行事になさったらいかがです? よいようにお考えなさいませな。天帝さまが、冴紗さまご成人のお祝いに、最高の贈り物を取っておいてくださったのですよ」

羅剛も、うなずいた。

「なるほど。それはよい案だ。最高の設《しつら》えで、冴紗の母御を迎えに行ってやろう。それならば冴紗も喜んでくれるであろう」

みな、にこやかにうなずいた。

「ええ。それがいいですわ」

「素晴らしいお祝いになりましょうし、冴紗さまもきっとお喜びですわ」

ふふ、と笑いつつ、女官長は言い足す。

「あなたさまは、真《まこと》に尊敬できるご夫君であられると、わたくしは思いますよ? わたくしの夫などは、贈り物などくれたこともございませんし、それどころか、欲しいものを訊《き》いてくれたこともございませんわ」

羅剛も笑って言い返した。

「俺は、父とおなじ轍《てつ》は踏まぬと心に誓っておるゆえな。恋しい者には、きちんと想《おも》いを伝えることにしておるのだ。——それからな、おまえの夫の話だが、基本的に男などという生き物は、阿呆者揃《あほうものぞろ》いなのだぞ？　言うてくれねばわからぬ。察することもできぬ。だが、気持ちがないわけではないのだ。それだけはわかってやってやれ」

そうと決まったら、行動あるのみだ。

冴紗の誕生日までに予定を立てておかねばならぬ。

それも、冴紗が大神殿に行っているあいだに、気づかれぬよう、すべて済ませなければならぬのだ。

羅剛はさっそく本宮《ほんみや》へと向かった。

「王！　お早いお戻りでございますね」

「紫刻まで、しばらくありますが、もうご出立なさいますか？」

支度を整えていた黄《おう》省大臣と青《せい》省大臣が、あわてた様子で尋ねてきた。

「いや。視察の出立は予定どおりでかまわぬが、緊急で話がある。宰相《さいしょう》と、いま本宮におる大臣を呼んでまいれ」

「畏《かしこ》まりました」

ほどなく、執務室にいたらしい宰相と、兵の鍛錬場にいたらしい赤《せき》省大臣が急ぎ足でやってきた。

「お呼びと伺いましたが？」

「何事でござるか」

「いまいるのは、おまえらだけか。…まあ、いい」

手近な控えの間に四名を連れ込み、羅剛はさっそく口を切った。

「じつはの、冴紗の話なのだ。──大会議では、冴紗の手前、ああ言ったがな、やはり俺は、誕生祝いくらいはしてやりたいのだ」

自分たちへの叱責ではないことに安堵《あんど》した様子で、宰相と大臣たちは同意した。

「冴紗さまの？　…ええ、それはむろん、みな同意見でございます」

うむ、とうなずき、つづける。

「花の宮の女官たちとも話し合《お》うたのだが、…冴紗の母御の墓移転を、まだ済ませておらなんだのだ。それを祝いの行事としてやりたいと思うてな」

「なるほど。妙案でござるな」

永均《えいきん》の同意に、羅剛は満足してふたたびうなずいた。

「父御の墓は、修才邏を守った英霊たちの墓所に安置されておるのだな？　母御とともに葬るのであったら、王族の墓所に、新たな墓を作成するか、それとも花の宮のそばに作ったほうがよいか……」

そこで思い出した。

……たしか、それを思案しておるあいだに、あれこれ事件が起きたのだ。

三国に戦《いくさ》をしかけられ、婚礼の儀の際には竜卵の盗難、萋葩国《さいは》への訪《おとな》い、叔父《お》朧脩《じりょうせい》による薬物事件、さらには先日の花爛《からん》帝国の件、等々……言い訳になるが、まことに忙しない日々であった。

「それは、冴紗さまにお尋ねいただくとして、まずはお母上の遺骨を掘り出す作業でございますね。兵がお入り用ならば、赤省に動いてもらって…」

言いかけた言葉を遮った。

「いや。掘り返すならば、俺と冴紗、ふたりで執り行う」

驚いた様子の宰相に説明した。

「俺も一度見ただけなのだが、静かな山奥なのだ。小屋があるきりの。それももう朽ち果てておってな。……あの場を荒らされたくないのだ。他者にも、できるかぎり見せたくない。冴紗の思い出の詰まった場所であるゆえ」

ならば、とめずらしく寡黙な永均が口を出してきた。

「禁足地になさるという案は？」

「禁足地？」

「母上さまの遺骨は掘り出すとして、冴紗さまのご生家一帯を、柵で囲うなりして、他者に踏み荒らされぬようお守りいたすのでござる」

羅剛は膝を打った。

「おお！　それはいい！　俺だけで考えておっても、考えつかなかった案だぞ。――して、どれほどの日数で囲える？　広さは？　冴紗の誕生日までに間に合うか？　もう二週ほどしか猶予はないぞ？」

「さすがに山ひとつとまではいきませぬが、人の出入りできぬほどの柵を、一帯に造るのであれば、――兵たち一個師団を動かせば、一週ほどで仕上がるでしょうな。あとは、近隣の村々に、禁足の触れを出せばよいかと」

「わかった。すぐに動いてくれ。場所は追って知らせる」

話しているうちに、次々と考えがまとまっていく。

「もうひとつ相談なのだがな、永均。…冴紗の生家は、もう朽ち果てそうなのだ。形は変えずに、補強することはできるか？」

頼もしい応えが返ってきた。

「むろん、でき申す」

「ならば、そちらも、兵や大工を回してくれ。簡単でかまわぬが、寝泊まりできるようにしてほしいのだ。資材調達は、青省、おまえのところだな。頼むぞ」

「は。畏まりました」

話が着実に進んでいくことに気をよくした羅剛は、さらに考え、

「あとは、……そうだな。針子たちを呼んでくれ。冴紗の衣装宮のほうにだ。急がせてくれ。視察の前に話をつけたい」


冴紗の衣装宮は、いまは四宮あるが、どこもだいぶ収蔵品が減っている。

国内外の神殿に下賜したためだ。

宝飾品の宮、靴の宮も同様。収蔵品はほとんどない。

下賜した冴紗の衣装はいま、各地の中神殿で人台に着せつけ、祀《まつ》られている。

民たちは連日大挙して押し寄せ、涙に咽《むせ》んで拝んでいるという。

他にも希望する国には衣装や飾り物一式を下賜したが、冴紗の望みとはいえ、なかなかに骨の折れる作業であった。下賜を望む国は、十や二十ではなかったからだ。

羅剛はひとり苦笑した。

……だがいくら配っても、どうせすぐまた衣装宮に溢《あふ》れ返ってしまうはずだがな。

新たな衣装や飾り物は、ひきつづき針子や職人たちが制作している。羅剛が注文を出さ

ずとも、みなが冴紗のために作りたいのだから、止めようがないのだ。

羅剛が本宮を抜け、足早に衣装宮へと向かっていると、背後から駆けてくる足音が聞こえた。

「王さま！　お呼びと伺いました！」

「いかがなさいました？　私ども、なにか不始末でもいたしましたかっ？」

息を切らせているのは針子たちであった。

「いや。不始末など起こしてはおらぬぞ？　とにかく宮へ入れ」

衣装宮のひとつに入るなり、羅剛はつかつかと最奥まで歩み、箱のなかにしまっておいた服と靴を取り出した。

「おまえら、これを見てくれ」

「これは……？」

差し出しても、針子たちは受け取るのを拒むように露骨にあとずさっている。

羅剛はかまわず言った。

「この服と靴になるべく似せて、冴紗の衣装を作ってくれ。いまの冴紗の寸法で、だ」

針子たちは目を白黒させている。

「似せて？　……え？　冴紗さまのお衣装を……？」

「ああ」

もうひとりの針子が、汚いものでも見るような顔で覗き込み、

「………あの、……これは、ほんとうに衣服なのでございますか？」

「見てわかろう。きちんと、上衣と袴《はかま》に分かれておろうが？」

「ですけど、これは、色もつけていない生成り地でございます。このような生地で作った衣服など、最下層の民ですら、着ません」

口を尖《とが》らせて言い返す針子と声を揃えるように、もうひとりも色をなして、

「このような生地は、家畜の餌袋くらいにしか使わないはずです。靴もそうですわ。靴の形をなしておりません。ただの布袋でございます。縫い目もひどいものです。このようなものに似せて作るなんて、私ども、王宮おかかえ針子の名折れです」

思わず笑いが出た。

「家畜の餌袋？　靴は、ただの布袋だと？　…それはいい！」

羅剛の大笑いを見て、針子たちはうろたえた様子で尋ねてくる。

「……私どもをおからかいになられているわけでは、…ないの、ですね……？」

「からかう？　俺が冴紗に関して、からかうことなど言うわけもなかろう。すべて本気だ。いま言うたとおり、なるべく質素に、…いや、貧相に作ってやってくれ」

目の玉が飛び出るほど驚いている。

「冴紗さまがお召しになられる服、お履きになられる靴を、貧相に、…でございます

か？」

「このような、家畜の餌袋のような粗い目の生地で、ですか？　色だって、虹色でも、銀色でも、ございませんよ？」

「何度も言わせるな！　御託《ごたく》はいい！　冴紗の誕生日までだ。命令どおり、やれ！」

声を荒らげた羅剛であったが、いちおう説明してやる。

「不審に思うのはわかるがの、――冴紗は常日頃、煌《きら》びやかに装わねばならぬのだ。本人の意思など関係なくな。…ゆえに、たまには気を抜いた格好をさせてやりたいのだ」

おどおどと針子は尋ねてきた。

「それでは、お髪《ぐし》の飾りは、どうなさいますか？　首飾りや手首飾りなどもよろしいのですか？」

「ああ。なにもいらぬ。その服と、靴だけでかまわぬ。…いや、髪は縛ったほうがよいだろうから、布切れ一枚くらいは用意しろ。むろんその布も、薄汚いやつにするのだぞ？　けっして、虹や銀の、きらきらしいものはよこすなよ？」

針子たちはひどく困惑した様子であったが、王の命令を拒めるわけもない。

「……は、…はい。畏まりました」

「では、ご命令どおりのものをご用意いたします」

不承不承といった様子で頭を下げた。

Ⅱ　誕生日当日

緑月《りよくげつ》二十五日。

冴紗《さしや》は誕生日の当日、夕刻ぎりぎりまで大神殿で謁見を行っていた。

謁見希望者が増えているのは知っていたし、やめろと言えば冴紗がつらい思いをすることもわかっていたので、羅剛《らごう》はあえてその件には触れずにいた。

迎えに行き、飛竜《ひりゆう》の背に乗せてから、羅剛は口を切った。

「今日は誕生日であったな」

「はい」

「祝い事なしにしてくれというおまえの希望を聞いて、生誕祭も祝賀宴も執り行わなかったが、…ひとつだけ、俺の望みを聞いてはくれぬか?」

抱き締めている腕のなかで、冴紗は首だけ回して問いかけてくる。

「羅剛さまのお望み、でございますか?」

「ああ。今宵は、ささやかな祝いの席を設けたのだ。…だが、案ずるな。客など呼んではおらぬ。俺とふたりきりだ」
二、三度まばたきをし、冴紗はちいさくこくんとうなずいた。
承諾を得てから、羅剛は飛竜の手綱を引いた。


しかしながら、――目的地の上空に差しかかると、冴紗はあきらかにうろたえ始めた。

冴紗の虹瞳《こうどう》は、暗闇のなかでも見通せる。いまどこを飛んでいるのか、一目瞭然であったのだろう。

「もしや、このあたりは……」

到着し、飛竜から降ろしてやると、すでに瞳が潤んでいた。

冴紗の驚きが嬉しかった。

「言うまでもないな。おまえの生家の前だ」

「……はい」

「相談もせずにしてしまったが、家は補強した。なかで快適に泊まれるように、家具や寝具も運び込んである」

冴紗の瞳は揺れている。

「それだけではないぞ？　このあたり一帯を禁足地にしたのだ。簡易ではあるが、囲いを作った。のちには、さらに強固な壁を作る。俺とおまえが、だれにも邪魔されずに過ごせるようにな」

冴紗は唇を噛《か》んでいる。瞳には、見る見る涙が溜《た》まっていく。

「母御を迎えに来た。これが、俺の設えた、おまえの誕生祝いだ」

ついに耐えきれなくなったのか、冴紗は、はらはらと虹の涙をこぼした。そして、ただ深く頭を下げた。哀れに思うほど、深く、長いときを。

そのさまを見て、羅剛のほうが謝りたくなった。

「頭を上げろ。ほんに、すまなんだな。母御を王宮へ連れていくと約束したくせに、俺は、忙しさに取り紛れて失念しておった。だが、おまえは忘れてはおらぬであろう？　なのに、急《せ》かすことも、怒ることもしなかった」

「怒るなどと、……羅剛さまがお忙しいのは重々承知いたしておりますし……」

「俺だけではなく、おまえもな。そして、近ごろはいろいろあったからの」

「……はい。いろいろございました」

瞳を潤ませている冴紗を見て、羅剛も胸が熱くなった。

……俺の前では、おまえはいつもそうやって素直に感情を表してくれるな。

冴紗の生まれを知っている老夫婦と会った際のことを思い出した。

あのときも、娼婦《しょうふ》と会ったときも、自分がいなければ冴紗は感情をおもてには出さなかったはずだ。

人と相対する際は、麗しくはあるが、作り物じみたほほえみで、なにがあっても動じぬ。自分の前だけだ。冴紗が素直に気持ちを表してくれるのは。

まずは母御の墓前で膝をつき、ふたりで手を合わせた。

「今宵は、ここに泊まるぞ？　明日の朝、母御の墓を掘り返す。それでよいな？」

「はい」

羅剛は先に立って、小屋に入った。

部屋が三つあるきりの、ちいさな小屋。

そこかしこに幼い冴紗の思い出が刻まれているようで、胸が震えた。

燭台《しよくだい》に火を灯《とも》してみる。

朧《おぼろ》な橙《だいだい》色の灯《あか》りに照らされた小屋のなかには、新たに窯《かま》が設えられていた。そばの水《みず》瓶《がめ》の蓋を取り、覗《のぞ》き込むと、新鮮な水が汲《く》み入れてあった。

寝台も整えられており、鍋釜、食器、なにかあった際の武具、むろん急遽《きゆうきよ》作らせた冴紗の衣装も、卓の上に置かれていた。

……永均《えいきん》の奴《やつ》、武骨な男だとばかり思うておったが、なかなか気が利くではないか。

これなら、何夜でも快適に過ごせそうだ。

気持ちを抑えるように、胸に手をあてて小屋内を見回している冴紗に、羅剛は衣装を差し出してやった。

「着替えるか？　そのままでは動きにくかろう」

受け取った冴紗は、驚きの表情となった。

「……これは……わたしが昔着ていた……」

「よう見てみい。いまのおまえの寸法だ。おまえが、初めて逢《あ》った際に身に着けていた服を真似《まね》て、針子に作らせた」

冴紗はやはり瞳を揺らすだけだ。

感動が大きすぎるのがわかり、また泣かせてしまう前に言い訳じみたことを吐いた。

「あの服は、俺にとっては、宝物のようなものなのだ。おまえには言うておらなんだが、箱に入れ、大事にしまってあった。靴もだ」

「……てっきり、もう捨ててしまわれたのかと…。ひどくみすぼらしく、汚れたものでございましたし」

「捨てたりするわけがなかろう。おまえが身に着けていたものを。——おまえは、俺にとって恩人なのだ。おまえが俺の命を救い、俺を王にしてくれた」

手を差し伸べ、冴紗の頬に触れた。

「それだけではないぞ？　俺はあのとき、生まれて初めて恋をした。なにも恐れず、謀反兵の前に飛び出してきた、強く、清らかなおまえに」

恋したのは、光り輝く虹の御子《みこ》などではない。

薄汚い襤褸《ぼろぎ》着を纏《まと》った、痩せこけた小僧だ。

あのころの面影は、いまの冴紗にはもう残っていないが、その瞳は変わっていない。虹の煌めきを宿した、まっすぐに羅剛を見つめる美しい瞳だ。

服を胸に抱き締め、想いを噛み締めていた様子であったが、

「……あの、……着替えてまいります。しばしお待ちくださいませ、羅剛さま」

歓喜の表情のまま、冴紗はいそいそと隣の部屋に行った。

ほんに、いそいそという表現がもっとも正しいようなその様子に、思わず頬が緩む。

自分の前で見せる冴紗のさまは、幼子のようにあどけなく、愛らしい。

次に扉が開いたとき、——冴紗は顔を輝かせていた。

「ぴったりでございます。……ほんに、懐かしゅうございます」

心底嬉しそうに、冴紗は袂《たもと》に頬を寄せた。

「母が作ってくれたものに似ています。母が亡くなるころは、家にお金もなくて、ろくな生地も買えなくて、……あのころの母は、病で、ほとんど手も動かなくなっていたのですが、一生懸命作ってくれました。あのときの服に、着心地も、そっくりです」

「……そうか」

そういう仔細《しさい》であったのか。生地はともかく、素晴らしい手を持つ母御の作ったものにしては、ずいぶんと粗雑な作りであるなと思っていたが。

　冴紗は感触を味わいたいのだか、すりすりと袖に頰をこすりつけている。

　あまり擦るな。粗い生地で肌が傷つくであろうが。と、口にしたいのを羅剛は懸命に堪《こら》えた。

　傷ひとつつけたくないのは、まわりの人間だ。冴紗本人は、自由に野山を駆けめぐり、傷や汚れなど気にせず、地面で寝転がりたいのだ。

　さらに冴紗は、着心地をたしかめるように腕を大きく振り回し、かるく足踏みした。

「動きやすうございます」

「男ものの服であるからな」

「はい。男ものの服でございますね。ほんに久しぶりでございます」

　胸が痛んだ。

　冴紗とめぐり合って、すでに十二年が経《た》つ。

　……これほど喜んでくれるなら、もっと早《はよ》うに作ってやればよかったのう。

　家畜の餌袋と針子たちは嘲笑っていたが、そのような生地で作った衣装でも、冴紗の麗しさは一分も損なわれてはいなかった。

　それどころか。虹や銀のきらきらしい衣装を身に纏っているときより、より一層輝いて見えた。

「こっちへ来い。髪も縛ってやろう」

「はい」

掌《てのひら》に掬《すく》うと、極上の虹糸のごとき髪だ。

さらさらと滑って逃げてしまう髪を、端切れのような布で、なんとかうしろひとつに結んでやる。

振り返った冴紗は、こぼれるような笑顔であった。

「嬉しゅうございます。羅剛さま、…ほんに、夢のよう……」

「夕餉《ゆうげ》の支度はどうする？　今宵は俺が獣でも狩ろうかと思うておったのだが」

森育ちの冴紗ならば、狩ったばかりの獣の肉でも、食べられるだろう。

つねに手の込んだ馳走《ちそう》ばかりを食している冴紗にとっては、そういう野趣あふれる夕餉もまた一興だと考えたのだ。

あんのじょう、冴紗は目を輝かせた。

「羅剛さまが狩ってくださるのですか？　では、わたしはなにをいたしましょう？」

「そうだな。…弓も用意してあるゆえ、まず、果実でも打ち落としてくれ」

冴紗の弓の腕前なら、地を駆ける獣であろうが、空を飛ぶ獣であろうが、簡単に射殺せるはずだが、虹霓《こうげい》教《きょう》最高神官であるいまの冴紗に、殺生はさせたくなかったのだ。

家のまわりには、甘い果実の生《な》る木がたくさん生えていた。近場には清らかな流れの川もあった。

付近には食せる植物も多く自生し、小動物も多種類いた。穀物を育てた畑らしきものの跡も残っていた。

そういうことを、羅剛はあらかじめ調べて知っていた。

冴紗の両親は、親子三人長く隠れ住むことを見越して、自給自足ができそうな地を選んだのだろう。

「果実がたくさん採れたら、花《はな》の宮《みや》の女官《じょかん》に持って帰ってやればいい」

「はい！」

「気候も穏やかであるから、外で火を熾《おこ》すぞ」

「はい！」

うきうきと弓を持ち、冴紗は家から飛び出していった。

人目がないということ、男ものの衣装を纏っていること、それがそこまで冴紗の行動に影響を与えるとは、羅剛も予想外であった。

……なんと、嬉しそうな……。

はしゃいで弓を引き、果実を射落としては振り返り、成果を掲げて見せて、誇らしげに笑う。

月灯りの下でも、冴紗の笑顔が眩《まぶ》しいほどだ。

「ごらんくださいませ、羅剛さま！　またひとつ射ち落としました！」

愛らしくもせつないその姿に、羅剛も拍手をして褒めてやる。

「さすがだな！　うまいものだ！」

弓を射る際の冴紗の美しさは、いつもどおりだが、これほど楽しそうに射ている様子は初めて見た。

だが、いつまでも見惚《みと》れているわけにはいかない。

「俺も負けてはおられぬ。獣や魚を捕ってこねば、夕餉が始められぬな」

幼子の遊びのごときひとときが過ぎ、お互いの成果を持ち寄り、家の前で火を熾した。

焚火《たきび》の前の石に座り込み、冴紗はやはりいつになく上機嫌だ。

「羅剛さま、火熾しがお上手なのですね」

ふふ、と笑ってやる。

「見直したか？　俺は戦にも出ておったのだぞ？　自慢ではないが、ひととおりのことはできる」

冴紗は花のほころぶように、無邪気な笑顔を見せてくれる。

「存じております」

獣や魚の焼ける匂い。ぱちぱちと火の爆《は》ぜる音。

夜風が頬をかすめ、どこかで獣が遠吠《とおぼ》えをしている。

冴紗は急に、感極まったようにつぶやいた。

「…………まこと、……夢のようでございます。…ここで、このような夜を過ごすと、昔を思い出します。父と母と暮らしていたころを」

「よい両親であったのだな」

「はい。たいそうよい両親でございました」

また泣き出さぬうちに、ぶっきらぼうに、焼けた魚を差し出した。

そこらの木の枝を魚の口から刺して焼いただけのものだが、じつに芳ばしい香りを漂わせている。

「ほれ。食うてみい。熱いからの？　火傷《やけど》に気をつけるのだぞ？」

「はい」

枝を両手に持ち、大口を開けて魚にかぶりつくさまは、つねの冴紗とはちがい、少々がさつに見えた。

羅剛はしみじみ言っていた。

「そうしておると、――ほんに、おまえは昔と変わらぬな」

口のまわりを汚しつつ、冴紗はきょとんと尋ね返してくる。

「なにがでございます？」

「そうとうな、はねっかえりだ」

冴紗は、ぷんと頬を膨らませた。

「ほかの方の前では、おとなしくしておりまする」

「ああ。みな、騙《だま》されておるがな」

瞳が翳《かげ》る。

問いが発せられる前に、言うてやる。

「はねっかえりのおまえも、淑《しと》やかに振る舞うおまえも、みな愛しておるわ。……いや、俺は喜んでおるのだ。この誕生祝いは成功であったな、と。おまえが喜んでくれているようで、俺はたいそう満足しておる。それに、おまえのはねっかえりの素顔を見られるのは、世に俺ひとりだけだということが、…ほんに、嬉しいのだ」

魚の枝を下ろし、冴紗はぽつりと言った。

「……冴紗は果報者でございます」

冴紗の射落とした果実は、よく熟しており、口のなかで蕩《とろ》けるように甘かった。

「うまい。俺はこの果実、初めて食したぞ。じつに、うまい」

「さようでございますか。お口に合ったのでしたら、よろしゅうございました」

「珍しいものであるから、みやげに持って帰れば、女官たちも喜ぶだろう」

「わたしも、子供のころ、この果実が大好きでした。この季節になるのが楽しみでございました」

たぶん幼いころも、ああやって父母と笑いながら果実を射落としたのであろう。

仲のよい親子の、幸せなひとときの幻が見えるようだった。

「おまえの両親は、できうるかぎり最高の環境をおまえに与えようとしたのだな。ここは、よい地だ」

「……はい。わたしもそう思います」

夕餉のあと焚火を消し、家に入る。

入ったとたん、どちらからともなくいだき合っていた。

羅剛は吸い寄せられるように、冴紗の花の唇にくちづけていた。

衣服のせいか、どうしても初めて逢ったころのことを思い出してしまう。

幼い冴紗に邪《よこしま》な欲望をいだき、日々もがき苦しんでいたあのころを。

いまは妃《きさき》に迎え、幾度も肌を重ねているが、それでも熱情が薄らぐことはない。

「ここで、愛し合うてもかまわぬか」

冴紗は、ぽっと火がついたように頬を赤らめたが、ちいさくうなずく。

「このような出《い》で立《た》ちでございますけれど…？」

羅剛は苦笑した。

「すまぬが、…その出で立ち、ひどく愛らしゅう見えてな、俺はつねより興奮しておるわ」

「お恥ずかしゅうございますが、……冴紗も、でございます」

それから、一刻ほど。

愛し合い、数え切れぬほどのくちづけを交わした。

冴紗は羅剛の胸に頰をすり寄せ、つぶやくように言った。

「羅剛さま、…お心づかい、感謝いたします。ありがとうございました。これ以上はないほど、幸せな誕生日でございました。今宵の思い出を、生涯の宝といたします」

睦《むつ》みののちの気怠《けだる》さで、冴紗の髪を弄んでいた羅剛であったが、すぐに反論した。

「いや、それは困る」

「は？」

「まだ、来年も、さ来年も、おまえの誕生日は来るのだ。今宵を生涯の宝とされては、これより先、さらによい思い出を作れぬではないか」

冴紗は、くすっと笑いを洩らす。

「毎年、ここでこうして羅剛さまと過ごすことができれば、冴紗にとってこれ以上幸せなことはございませぬ」

「……そうか？」

「はい。…ほかに申し上げようがございませぬが、…ほんに夢のようでございました。羅剛さまとふたり、このような夜を過ごせるとは……。またこれより先の、お勤めの励みになりました」

そこで、あ！　と声を上げ、冴紗はつづけた。

「来月は、羅剛さまのお誕生日もございますが。今度こそ、わたしにも祝わせてくださいませ」

「俺の誕生日など、祝わんでもよいぞ？」

「いいえ。今宵冴紗が味わったような喜びを、御身《おんみ》にも差し上げとうございます。……これほどの支度はできませぬが……」

愛らしい申し出に、どうしても頰が緩んでしまう。

「気持ちはありがたく受け取っておくが、──だが、おまえがそばにいてくれることこそが、喜びなのだ。そうして俺の腕のなかで笑っていてくれ。とくに祝いなどしてくれぬでも、腕のなかにおまえがいるだけで、俺にとっては、日々最高の贈り物をもらっている気分なのだからな」

冴紗はめずらしく自分から羅剛に接吻《せっぷん》してきた。

そうして、恥ずかしそうに告げた。

「冴紗は、ほんに果報者でございます」

羅剛は笑った。

「その言葉もまた、俺にとっては、聞くたび喜びに震える嘉賞《かしょう》であるぞ？　何度聞いても、心地よい」

まわりに人はいない。やはり冴紗は、普段よりもいくぶん大胆になっているようだ。

「……嬉しゅうございます、羅剛さま。……侈才邏《いざいら》の、気高き黄金の太陽、我が、いとしの君……」

うっとりと夢見るようにそう言うと、瞼《まぶた》を閉じ、羅剛にくちづけをせがむ。

……夢のようだというのなら、いまの俺の気持ちが、まさにそれであるぞ？

おまえがくちづけをせがむ姿などが見られたのだからな。

「おまえだけではない。俺にとっても、夢のごとき、最高の一夜であったわ」

麗しの冴紗。

我がいとしの銀の月よ。

日を重ね、夜を重ね、ふたりで幸福な思い出を積み上げていくのだ。

いつの日も、おまえがそばにいてくれる。俺の腕のなかで笑ってくれる。

明日もあさっても、俺にとっては間違いなく、夢の日々だ――。

あとがき

こんにちは。吉田珠姫です。

二見さまにお引越しした『神官シリーズ』の二作目、今回はショートストーリーの詰め合わせです。

高永ひなこ先生、お忙しいところ表紙絵をありがとうございました。

あいかわらず羅剛かっこいいです！　冴紗、可愛いです！

いつも本当にありがとうございます！

そして編集部のみなさまも、言葉づかいなどあれこれ面倒くさいシリーズで申し訳ありません。いつも本当にありがとうございます！


で、――ここでおまけストーリーです。

前回の『飛竜《ひりゅう》たちの、魔法でしゃべれるようにしてもらったあとの大酒グチ話』がわりと好評だったので（笑）、今回もちょこっと入れてみます。

前回、『恋の呪文シリーズ』とのコラボで、アラブの魔物たちに呼び出された飛竜たち。今回も、魔法が使えるアラブの魔物たちに人語を話せるようにしてもらい、酒もふたたび出してもらい、やはり飲めや歌えの大騒ぎを始めてしまったのである。

そのとき、あたりに悲鳴のようなメス竜の叫びが響き渡った。

「私、もう厭《いや》ですわ！」

ほかのオス竜がぎょっとして見ると、虹麗《こうれい》がぷんぷんと怒っていた。

虹麗は、冴紗《さしゃ》さまの飛竜である。メスでありながら、王妃の騎乗竜に選ばれるほど力強い飛行をこなせる、侈才邏《いざいら》軍屈指の飛竜だ。

だが、酒に酔うと感情を昂《たかぶ》らせてしまうという悪い癖もある。

紅舜《こうしゅん》が尋ね返した。紅舜は永均《えいきん》騎士団長の飛竜である。

「どうした？　なにが厭なのだ？」

虹麗は、嚙《か》みつくように言い返した。

「聞いてくださいませな！　王さまと冴紗さま、ちかごろ、私にいっさい乗ってくださいませんのよっ？　いつもおふたりで、王さまの竜の黒魑《こつき》にばかり乗って、私はあとを追うだけですのよ？　酷《ひど》いと思いませんっ？」

とばっちりを食らった恰好《かっこう》の黒魑のほうは、ぶつぶつ言い返している。

「……なにが酷いのだ。毎度毎度、俺だけ働かされるほうが酷いと思うがのう……」

そんな反論は無視するように、虹麗はまだぷんぷん憤っている。

「そんなことはございません！　酷い目に遭っているのは私ですわ！」

しかたなく紅舜やほかの竜が尋ねてやる。

「だが虹麗、乗ってくれぬことの、なにが厭なのだ？　楽ができてよかろうに？」

「いいえ！　よくなど、まったくございませんわ！…見てくださいな！」

みなが彼女に視線を集める。虹麗は、ばさっと翼を広げて見せた。

「私、太ってしまったのですわ。ほら、横腹のあたりが、たぷたぷしてきてますでしょう？　あきらかに運動不足なのですわ」

まわりのオス竜たちはあわてて視線をそらし、ごほんごほんと空咳《からぜき》で誤魔化《ごまか》した。

まさか「なるほど、たぷたぷだ！」と真実も言えぬからだ。

話を振った手前、事態を収拾させねばと、紅舜は杯《さかずき》に酒を注ぎ、

「まああまあ、もっと酒を飲んで、憂さを晴らせ。…な?」

ほかの竜も持ち上げにかかる。

「うむうむ。美しいそなたに、怒り顔は似合わぬぞ?」

「ほれ、飲め。ぐいっと。…ほれほれ、ぐぐいっと」

虹麗はふくれっ面のまま、爪の先で酒の杯を受け取り、がばっと呷《あお》った。

そして不貞腐れぎみにつぶやいた。

「…………美しくても、……たぷたぷは、厭ですわ」

「いや、たぷたぷ、なかなかよいではないか」

「俺は好きだぞ、たぷたぷ」

「うむ。おれもよいと思うぞ、たぷたぷ」

虹麗は、きぃぃぃ——っ! と怒り狂った。口から火でも噴きそうだ。

「たぷたぷたぷ、みなさまで連呼しないくださいませな! 失礼ですわ!」

おお、怖い、と震え上がり、オス竜たちはちいさくなった。

……女竜は面倒くさいのう。

……うむ。面倒くさい。

……自分で言うたのにのう。これがいわゆる『逆ぎれ』というやつか？

修才邏の誇る飛竜たちではあっても、やはりオスはメスに弱いのだ。

みなで黒魋をつつき、

「なぁ、おぬし、これから少しは虹麗に乗ってくれるよう、王と冴紗さまをうまく誘導しろ。体調が悪いふりをするとかして」

「うむ。そうしてくれ。虹麗の、横腹の、た………の解消のために」

「俺たちは、た………もまたよき哉《かな》と思うておるが」

「信じてくれぬしなぁ、虹麗。た………のよさを」

「た………は、よいのになぁ。た………は」

オス竜たちは背を丸め、こそこそと嘆き合い、さらに杯を呷ったのであった。

ということで、最後までおつきあいくださり、ありがとうございました。

少しでもお楽しみいただけましたら幸いです。

またお逢いできますように！

吉田珠姫　拝

✿「神官は王と愛を紡ぐ」発行 おめでとうございます✿

今回もイラスト描かせて頂けて幸せでした✿ ラスト話の冴紗さまはきゃっきゃしてて とても可愛らしかったですね…♡ ただ森の中でそのサラツヤ髪を布で結わえただけでは 枝にからまって大変なことになってしまいます…！と、自分で描いてても思ったので らごう様には 次のバースデイまでにフクザツな編み上げも 難なくこなす技術を身につけて頂きたい…。そんな気持ちで描きました⬇ 私いつも このスペースで勝手な妄想たれ流しですみません…。

✿ラブラブな2人をいつまでも見守りたい！✿

✿高永ひなこ✿

本作品は書き下ろしです

吉田珠姫先生、高永ひなこ先生へのお便り、
本作品に関するご意見、ご感想などは
〒101-8405
東京都千代田区神田三崎町2-18-11
二見書房　シャレード文庫
「神官は王と愛を紡ぐ -神官シリーズ番外編集三-」係まで。

CHARADE BUNKO

神官《しんかん》は王《おう》と愛《あい》を紡《つむ》ぐ -神官《しんかん》シリーズ番外編集《ばんがいへんしゅう》三-

2024年5月20日　初版発行

【著者】吉田珠姫《よしだたまき》

【発行所】株式会社二見書房
東京都千代田区神田三崎町2-18-11
電話　03(3515)2311[営業]
　　　03(3515)2313[編集]
振替　00170-4-2639
【印刷】株式会社 堀内印刷所
【製本】株式会社 村上製本所

落丁・乱丁本はお取り替えいたします。
定価は、カバーに表示してあります。

ISBN978-4-576-24028-2

https://www.futami.co.jp/charade